Peut-être jamais

Maxime Collins

Peut-être jamais

Les Éditions

de
l'Interdit

© 2014 Les Éditions de l'Interdit et Maxime Collins
Dépôt légal : 1ᵉʳ trimestre 2014
Bibliothèque et Archives nationales du Québec

Révision : Aimée Verret, Anna Kriz, Émilie Vincent
Couverture et photo de l'auteur : Louis-Michel Guénette
Infographie : Aimée Verret
Correction d'épreuves : Raymond Bock, Nicolas Gendron

*Catalogue avant publication de Bibliothèque et Archives nationales du Québec
et Bibliothèque et Archives Canada*
Collins, Maxime
    Peut-être jamais
    ISBN 978-2-923972-43-5
    I. Titre.
PS8605.O468P48 2014   C843'.6   C2013-942703-1
PS9605.O468P48 2014

ISBN papier : 978-2-923972-43-5
ISBN PDF : 978-2-923972-44-2
ISBN ePUB : 978-2-923972-45-9

Imprimé au Canada
Tous droits réservés pour tous pays

Gouvernement du Québec – Programme de crédit d'impôt pour
l'édition de livres – Gestion SODEC

La destinée a deux manières de nous briser :
en se refusant à nos désirs et en les accomplissant.

Henri-Frédéric Amiel

2003

So close...
You're wasted again
I know, somehow...
I lost myself... again

Making me high again
I almost forgot myself again
It hits me so hard
It kills me again
Today.

Almost Forgot Myself – Doves

Les dernières paroles que j'ai laissées filer entre mes dents serrées étaient limpides : « Je suis bisexuel. Et ça ne changera pas. » À l'autre bout du fil, ma mère s'est énervée, mais j'avais déjà raccroché.

Je suis sorti de l'appartement pour courir vers la voiture qui m'attendait. Un crissement de pneus, comme dans les films américains, puis tout ça ne serait qu'un passé lointain, un souvenir sans conséquence.

On passe son temps à fuir. Ou à se fuir. C'est inévitable. Nous en sommes la preuve vivante. Ici. Maintenant. Je voudrais bien penser à autre chose, mais je n'arrive pas à ignorer le malaise qui plane : nous voilà ailleurs, loin des affrontements. Et nous faisons comme si de rien n'était.

En direction de Québec, la New Beetle emprunte l'autoroute 40, et les épinettes se succèdent dans un paysage monotone. Petite neige tranquille, contraste flagrant avec la tension silencieuse autour de nous. Les mains sur le volant, Sarah fixe l'horizon. Sébastien, lui, reste muet, assis comme un élève studieux au centre à l'arrière. Je peux voir le reflet de son sourire dans le miroir de mon pare-soleil et je n'ai pas besoin de lui demander pourquoi il est si heureux. La fuite rend toujours heureux. Au départ.

Le portrait est simple : Sarah refuse de retourner à Laval pour affronter Romain, Sébastien cherche à éviter Christophe et son caractère trop «français» et moi, je suis libre, enfin libre d'un secret que je gardais au fond de moi pour préserver l'union familiale et cette fausse impression de fils parfait. Une nouvelle liberté aussi percutante que si je me lançais d'un pont sans être attaché. L'appréhension. Le vertige. Les palpitations... le vide. Quand je me demande ce que je fais ici, ma réponse est ma seule évidence : je suis là pour moi. Pour en apprendre sur mon ambivalence.

J'ai rencontré Sarah par hasard. Enfin, elle me contredit toujours, m'explique que la vie m'a amené à elle, que tout cela était prédestiné, mais je persiste et m'entête : je ne devais pas travailler à cette succursale de la Caisse populaire ce matin-là. Mutation de dernière minute.

Elle était arrivée à mon comptoir au bord des larmes. Je comprenais à peine ce qu'elle reniflait, mais ses yeux verts parlaient pour elle. De l'émotion brute ; une histoire comme tant d'autres, celle d'une découverte anodine qui révèle la présence d'une deuxième existence. Son homme... avec une autre. Sûrement plus belle, plus intelligente et plus sexuelle. Un compte conjoint bloqué. Sans le sou du jour au lendemain.

Pour connaître la vie de quelqu'un en une minute, rien ne vaut la lecture de son relevé bancaire. Tout y est : dettes, achats, retraits, listes de magasins, sites Internet, cartes de crédit... Si elle avait porté attention aux opérations du compte, elle aurait bien vu que son Romain se tapait quelques extras.

— Vous voulez qu'on arrête quelque part ?
— Comme tu veux !

— Aide-moi un peu ! Tu veux manger quoi ?

Je les laisse parler, je préfère les écouter, c'est comme s'ils fredonnaient une partition juste pour moi. Ils doivent crier pour s'entendre, mais ils savent que je ferai une crise enfantine si Sarah ose bouger le volume de la radio. La chanson *The Everlasting* des Manic Street Preachers occupe tout l'espace. C'est une habitude. La route appartient à la musique, pas à la conversation. Je déteste ceux qui doivent « discuter » en voiture ; ils détruisent ce moment privilégié pour réfléchir, pour se laisser porter vers l'infini.

Sébastien s'impatiente et avance le bras pour baisser le son. Je serre les dents... laisse aller. C'est bien parce que nous sommes dans une période de réjouissance. La nouvelle année s'amène, elle devrait effacer la douleur causée par la précédente. Si au moins c'était si facile...

Sa main s'éloigne de la radio pour mieux venir se perdre dans mes cheveux. La délicatesse du contact me donne la chair de poule et j'ai envie de grelotter, mais mon visage reste stoïque. Il me demande ce que j'ai envie de manger et, de but en blanc, je lui réponds « ta bite ! » Tout de suite, Sarah s'énerve, s'agrippe au volant. Sébastien en rajoute : « C'est vrai ! Tu pourrais venir me rejoindre à l'arrière. T'aimes pas parler dans les transports, mais je sais que t'aimes sucer ! » Nous rions pendant que Sarah essaie de garder son calme. Il ne suffirait que d'un doigt posé sur sa nuque pour la faire chavirer. Elle approche de la trentaine, alors que Sébastien frôle déjà les trente-quatre ans. Si je m'interroge sur leurs motivations, je ne vois que deux êtres un peu perdus, à la recherche d'un plaisir qui s'est échappé trop vite, fuyant avec les années qui s'accumulent. De vrais *adulescents*. Avec de la maturité, certes, mais des adultes qui ont vécu les ruptures les plus douloureuses ; pour profiter de la chair à s'en rompre le corps, dépensant des centaines de dollars en alcool avant de vomir leurs abus quelques heures plus tard. Des cas extrêmes. Des repères pour me montrer que je suis encore en vie, même si je n'ai que vingt et un ans.

J'ai connu Sébastien grâce à Christophe, un étudiant de dix ans mon aîné, qui n'est pas resté très longtemps dans le programme de littérature, préférant se sauver vers les communications. Plus d'action, moins de peur devant les lectures de textes. Moins de solitude. À partir de ce moment, tout a déraillé. Christophe a commencé à sortir avec ses nouveaux amis, plus jeunes, beaucoup plus beaux que Sébastien. Et pendant son absence, c'est moi qui le remplaçais dans le lit conjugal.

Mon nouvel amant n'a rien à voir avec mon dernier amour. Jean-François, l'admiré, l'idole, l'ami qui me remplissait de bonheur dès qu'il se dénudait devant moi. Trois ans de secrets. Trois années de désir, de films pornos à quatre heures du matin et de pipes dans les bois. Des journées entières accompagnées de nos copines, dans l'aire étudiante, face à face, à tenir leurs mains pendant que nous jouions du genou sous la table. L'été de mes dix-huit ans, le meilleur, puis la chute ; ses grands doigts aux jointures cornées par la boxe et la musculation m'avaient saisi la nuque une dernière fois pour m'avouer le pire. Une fille. Une fille aux cheveux blonds et aux yeux bleus. Prototype de toutes celles qu'il regardait d'un œil distrait sur le Web pendant que je donnais toute mon attention à sa rigidité. Cette fille me volait ma vie. Sans même le savoir. Car personne ne devait savoir. Qu'auraient dit sa famille, ses partenaires de boxe et ses collègues de travail ? Il ne voulait même pas que son chien se retrouve dans la même pièce que nous.

— Il faut que ça cesse.

C'est tout ce qu'il avait pu murmurer du bout des lèvres, mais j'en comprenais déjà tout le sens.

— Est-ce qu'on va pouvoir se revoir ?

— Gab...

Je m'étais détaché avec hargne. Transformer la blessure en rage. Souhaiter le voir mourir devant moi.

Il s'était éloigné, le dos courbé, parce qu'il devait déjà se douter qu'il perdait les meilleurs *blow jobs* de sa vie. Je lui avais crié que tout le monde saurait. Que la vengeance valait bien la perte. Il s'était arrêté un moment, comme s'il voulait me dire que c'est lui qui sortait avec une fille maintenant, qu'il n'avait plus rien à perdre. Pourtant, une centaine de mètres plus loin, il rentrait chez lui, faisait ses bagages et quittait la maison familiale pour de bon.

— OK, je prends la prochaine sortie. Il y a un McDo ou un St-Hubert. Vous voulez quoi ?

Je fais la moue ; envie de rien, sinon de me retrouver le plus rapidement possible à Québec. Première fois sans la famille durant les fêtes. Il fallait bien casser la tradition un jour ou l'autre. L'excuse facile : « Maman, je vais chez les parents de Sarah à Sept-Îles. » Elle la connaissait bien, ma belle Sarah, celle qui avait sauvé son fils de ses mauvaises pulsions. Chère maman... elle avait osé dire haut et fort que mes écarts sexuels n'étaient qu'une simple « passe ». Un jour, elle nous avait surpris, Jean-François et moi, dans ma chambre, car elle entrait toujours sans frapper. Je venais de poser mes genoux sur le plancher, prêt à détacher le jeans de mon meilleur ami pour retrouver sa vigueur adolescente, déjà au garde-à-vous. La porte s'était refermée aussi vite et nous n'en avions jamais reparlé... jusqu'à cet après-midi. Hésitations... incertitudes... puis la grande question : « Es-tu aux hommes ? As-tu fini tes expériences ? » Encore cette perception erronée de l'amour masculin, cette impression qu'il s'agit d'une « passade », comme si cette avenue était impossible puisqu'elle n'unissait pas un homme et une femme.

Ma mère avait « adopté » Sarah sur-le-champ. Elle préférait s'imaginer entourée de petits-enfants plutôt que de paniquer à l'idée monstrueuse de se retrouver avec un beau-fils. Je comprenais enfin ce qu'une famille unie signifiait ; un endroit où l'on peut aimer au grand jour, sans non-dits, sans cachotteries ; de l'amour pur, vécu comme l'air respiré et oublié. Même mon père, souvent laconique, s'était ouvert facilement à elle. Normal, Sarah aimait la cuisine raffinée et voulait suivre un cours à l'Institut de tourisme et d'hôtellerie du Québec dans les prochains mois... ses beaux yeux verts s'étaient occupés du reste. Je me demande ce qui se serait passé si Sébastien s'était substitué à elle. Je ne suis pas certain que tout ce bonheur et ces soupers arrosés auraient allumé autant d'étincelles dans le regard de mes parents. Mais ça n'a plus d'importance à présent.

La voiture s'arrête dans un stationnement typique de halte routière. Les portières claquent et je sens de minuscules flocons venir se perdre sur mon visage. Tout de suite, Sébastien prend la main de Sarah. Je les laisse faire, j'aime qu'ils agissent ainsi en public. C'est comme si j'étais témoin de l'amour que j'ai pour eux. Pas de St-Hubert ni de McDo. Sébastien nous entraîne dans un « vrai » casse-croûte, une espèce de minimaison blanche que l'on pourrait penser abandonnée s'il n'y avait pas autant de gens qui marchaient vers ce même point de rencontre.

Sur la banquette de cuir démodé, je les laisse s'asseoir devant moi. Petit rituel qui me permet de ne rien rater du spectacle. Les cheveux auburn de Sarah scintillent sous la lumière tamisée du jour qui s'achève. Les menus sont déjà sur la table et je penche la tête pour mieux lire ce que les images ne représentent pas.

— Ça fait tellement du bien de sortir de Montréal !

Ils s'accordent tous les deux, puis me regardent pour attendre ma réaction. Je me fais penser à mon père, discret et silencieux. C'est comme si je regardais une vie se dérouler devant moi, une vie où je me retrouve dans l'ombre d'un couple « normal ». Sébastien enlace Sarah, puis son autre main me saisit la cuisse sous la table. Je pense aux jeux de gamin avec Jean-François et je ne peux retenir mon sourire. Ces vacances sont bien méritées. Avec le travail le jour et les études littéraires le soir, j'ai l'impression d'être un numéro au service de la société. Et pourtant, je suis convaincu que plusieurs personnes tueraient pour obtenir la moitié de ce que je possède en ce moment. Posséder. C'est bien le mot juste. Quand je possède Sarah, j'oublie tout. Elle est à moi, elle m'appartient, et son sexe qui m'avale épouse l'ondulation de mes mouvements. Mais si Sébastien me possède, j'oublie mon identité. Je ne suis plus qu'une chose entre deux mains masculines. J'ai souvent tenté de comprendre pourquoi j'aimais dominer la femme, mais me soumettre à l'homme. On dirait un instinct animal. Et, pendant que mes amis se saoulent ou se droguent dans les fêtes étudiantes, moi, je m'abandonne au plaisir. À chacun ses dépendances.

Une serveuse qui me rappelle ma grand-mère vient s'informer de nos choix. Nous prenons du vin. Évidemment. Le vin ne me rend jamais triste. Il rougit mes joues et me donne un regard vitreux qui fait fondre Sarah. Elle me dit sans cesse la même chose : « Tu es toujours plus honnête avec une coupe de rouge dans le sang. » Et pourtant, je ne mens pas. Si j'avais voulu mentir, Sébastien ne serait pas ici. Il n'aurait pas le droit de me toucher devant elle. Il n'aurait pas le droit de la caresser devant moi. Quand je les ai présentés l'un à l'autre, j'ai tout de suite su. Il fallait vivre ce dangereux équilibre entre le partage et la possession. Je n'avais rien prémédité, la vie se charge de ces surprises-là.

La première nuit s'était déroulée chez Sébastien. Christophe était chez des amis dans le nord de la France. Les bouteilles de vin s'étaient multipliées, les cigarettes aussi. Nous avions l'air de trois épaves sur le même divan, mais les mains se promenaient déjà comme des vers de terre qui cherchent un creux dans le sol après la pluie. Ils n'ont jamais eu besoin de mon autorisation. Le simple fait de savoir que j'avais couché avec eux séparément les rassurait. Il n'en fallait pas plus pour que Sébastien pose ses lèvres sur les miennes. Le regard de Sarah rivé sur mes yeux, je m'étais baissé vers le plancher, un tremblement dans les doigts. Il fallait que je détache le pantalon de cet homme tout en gardant la main gauche près du cœur de cette femme. Comme si mon corps se divisait en deux, attiré d'un côté, puis de l'autre. La tête et les idées éparpillées. Danser au rythme du disque *Londinium*. Quelques gouttes de vin renversées sur le sol. Ma bouche ouverte vers la leur. Une plainte étouffée sous le désir : « Aidez-moi. Aidez-moi à oublier Jean-François. »

Tout est toujours plus lent, plus doux et plus risqué avec une femme. Entre hommes, la question ne se pose pas. Je me demandais quand Sarah allait arrêter les choses, dire : « Stop, c'est trop. » Elle voyait bien que ma main fouillait la fourche de Sébastien. Je pensais qu'elle allait se retirer, d'une façon plus ou moins jalouse, qu'elle allait avouer que ces gestes homos n'étaient pas dans ses plans. Elle aurait pu nous préserver, me garder à elle seule, mais elle devait déjà savoir que la tricherie cognerait à ma porte.

Elle s'était bien détachée quelques secondes, nous observant en buvant de petites gorgées de rouge. J'embrassais Sébastien avec fougue, même si je n'appréciais pas ses gestes secs ; comme si ses dents avaient pris le contrôle et cherchaient à se cogner contre les miennes. Mais il avait une peau si douce. Imberbe. Un vif contraste avec mon torse poilu que je détestais. Il m'attirait parce qu'il ne me ressemblait pas. Opposition totale. Lui, avec ses yeux gris, ses lunettes rondes et sa peau lisse. Moi, avec mon corps velu, mes yeux marron et ma jeunesse. Quand j'avais pris son sexe dans ma bouche, Sarah était venue me rejoindre sur le plancher. Ce n'était qu'un début.

— On devrait arriver à Québec dans une heure trente, c'est ça ?

Ils hochent la tête, comme des parents qui approuvent la question de leur enfant. Et je me sens un peu ainsi. Une nouvelle famille. Incestueuse, certes.

Je pourrais leur avouer que ma mère sait maintenant tout de notre aventure, mais je verrais la peur passer dans leurs yeux et je gâcherais la fin de semaine du jour de l'An. J'aurais beau leur dire que je me fous de l'opinion de mes parents, ils n'oseraient plus remettre un pied dans la maison de mon enfance, terrorisés à l'idée de croiser le jugement dans le regard de mon père ou de devoir répondre aux centaines de questions maternelles. Alors, je me tais.

Sébastien m'interroge sur mon baccalauréat en littérature, mais je repousse le sujet avec désintérêt pour lui rappeler ses engagements avec Christophe. J'observe le malaise créé par mes paroles. Il ne sait pas comment parler de sa relation avec son vrai chum. Ils se sont perdus depuis des années. J'ai toujours pensé qu'ils n'étaient que deux colocs qui partageaient un lit, faute de moyens. Je préfère me raconter cette histoire, éviter de passer pour le salaud, car j'aime bien Christophe. Ça doit faire deux mois que je ne l'ai pas vu. Sébastien décide toujours de venir chez moi, que Sarah y soit ou non. Lorsqu'elle y est, nous préparons le souper à la chandelle, avec du Kruder & Dorfmeister en fond sonore, puis la soirée se termine toujours par un bain. Un bain chaud, dans le noir total, où seuls le tison d'un joint et sa fumée bleutée dessinent nos visages. Sébastien s'assoit toujours en premier, sinon il renverse l'eau avec ses mouvements secs. En m'installant à mon tour entre ses jambes, je bloque son agitation juvénile et Sarah peut ensuite venir placer sa nuque au creux de mon cou. Il nous faut quelques secondes pour trouver un certain confort, car le bain n'est pas si grand, mais lorsque c'est fait, le temps s'arrête. Nous ne parlons plus. Fumer. Oublier. Savourer l'instant. À force de trop réfléchir, on paralyse la vie qui passe.

S'il nous voyait, le copain de Sarah nous noierait dans cette eau. Son Romain est un homme rustre, sans délicatesse. Un faible d'esprit qui ne comprend pas la bisexualité, qui n'hésiterait pas à me cracher au visage en constatant ma différence.

Quand je les regarde tous les deux, je me demande pourquoi ils restent ancrés dans leurs relations. Est-ce la peur de la solitude ? La peur du vide ? Le vertige d'affronter ce que nous sommes vraiment ? Je ne sais même pas comment nous définir. Parfois, je me dis que je rêve, que tout ceci n'est que le fruit de mon imagination. Mais si c'était le cas, j'embellirais les choses, je ferais disparaître ces personnages en trop, ces obstacles qui nous empêchent de nous réunir plus souvent. C'est comme si j'étais seul malgré leur présence. Ils sont ici, mais ils sont ailleurs aussi. Ils doivent se dire que ce genre d'histoire ne dure pas. Rien n'est indestructible. En fait, ils ont probablement vécu des aventures semblables... mais pas moi. Première femme et premier homme dans ma vie. Jean-François ne compte pas. Il était l'amour adolescent. Il reste unique, mais je n'ai jamais vécu de problèmes adultes avec lui. Pas d'histoires d'argent, de tromperie ou d'engagement ; seulement des baisers par des langues curieuses qui ne se soucient pas du lendemain. Jusqu'à la perte.

Ici, même mon verre de vin ne peut rien masquer : Sarah et Sébastien vivent des relations adultes. Tout en se permettant des incartades adolescentes. Je suis peut-être celui qui les empêche de vieillir. Moi, quand je les côtoie, je grandis en m'inspirant de leurs maladresses.

— Qu'est-ce que t'as raconté à Christophe pour te sauver avec nous ?

Sébastien garde son calme, le visage serein.

— Je n'ai rien eu à dire. Il est encore en France dans sa famille pour un mois.

— Et tu ne l'as pas suivi pour la première fois depuis cinq ans ? C'est un peu suspect, non ?

— L'argent. L'argent est toujours la solution aux mensonges. Pas besoin d'histoires complexes et incroyables. Être fauché, c'est la meilleure excuse.

Sarah le regarde, presque envieuse. Elle nous explique que Romain fête le jour de l'An dans un *after-hour* de la rue Sainte-Catherine. Elle ne sait pas lequel, ça ne l'intéresse pas du tout. Alors pourquoi s'acharne-t-elle à le garder dans sa vie ? Est-ce parce qu'elle le trompe deux fois plus pour se venger d'avoir été trahie ? Est-ce une simple question de rancœur ?

Elle voudrait vivre dans mon minuscule appartement. Je n'ai rien proposé. J'ai peur que le quotidien détruise la flamme. Sébastien suggère encore un plan débile, celui de tout plaquer pour aller vivre en Chine. Pourquoi la Chine ? Je n'en ai aucune idée, mais ça ne m'intéresse pas. Je les préfère à petites doses, comme un élixir qui pourrait tuer à force de surconsommation. C'est là que je deviens le parent. S'ils sont vraiment prêts à cohabiter ou à partir à l'autre bout du monde, qu'ils fassent leurs preuves en se débarrassant de leurs fréquentations.

Sébastien nous annonce qu'il vient d'obtenir une promotion dans l'entreprise d'ingénierie qui l'emploie. Le pauvre, il ne se rend même pas compte qu'il se contredit lui-même. Il dit à Christophe qu'il ne peut pas le suivre en France par manque d'argent, mais le voilà en train de nous parler d'augmentation salariale. Quand je lui demande si son chum le sait, il hoche la tête, m'explique que ses nouvelles fonctions ne commenceront pas avant février 2004. Je ne sais pas vers quel âge on cesse de mentir. Probablement jamais. Mais il doit venir un temps où l'on ne peut plus soutenir ce que l'on est devenu. À force de magnifier la vérité, on s'enferme dans la fiction. Suis-je une fiction pour eux ? J'ai tout pour l'être : jeune, beau, ouvert et très sexuel. Je serai sans doute un passage dont ils se souviendront vers soixante ans, comme on se rappelle l'odeur du sexe après l'amour.

Le repas arrive enfin. Ils ont commandé la même chose, un *smoked meat* qui ressemble beaucoup plus à un sandwich au jambon. J'ai choisi la lasagne. Les verres de vin sont vides et la serveuse nous demande si nous souhaitons une seconde tournée. J'en aurais bien pris encore, mais je sais que nous avons cinq bouteilles à l'arrière de la New Beetle.

J'écoute Sarah se plaindre du bistro où elle travaille trois fois par semaine : « Ça donne des ampoules aux pieds et le café n'est vraiment pas à la hauteur du prix facturé au client ! Si au moins j'avais l'argent pour laisser tomber ça et vivre seule... » Une autre phrase qui m'est destinée. Les allusions sont de plus en plus fréquentes. Je fais comme si je n'avais rien entendu. La noirceur est tombée à l'extérieur et j'ai pris une décision ; ce sera à mon tour de prendre le volant. Je pourrai enfin me concentrer sur les lignes sinueuses de la route, sur ces bordures blanches qui, elles, sont toujours fidèles.

À la fin du repas, pendant que Sébastien paie, Sarah sort pour fumer. Je l'accompagne, pris d'un désir de l'embrasser avec fougue. Sa cigarette tombe sur le sol, mais ça n'a pas d'importance. Elle se laisse porter par les mouvements de ma langue, par ma main brusque qui presse sa tête contre ma bouche.

— Je conduis.

Elle ne réplique pas. Je m'installe le temps qu'elle s'allume une autre cigarette. J'en profite pour choisir la musique, un mix sombre qui ira parfaitement avec le chemin noir sur lequel nous nous enfoncerons.

Sébastien sort du casse-croûte et court vers la Volkswagen, comme s'il craignait qu'on le laisse ici, au milieu de nulle part. Je démarre et accélère pour faire glisser la voiture sur la mince couche de glace qui recouvre le bitume. Je ne comprends pas pourquoi je leur en veux autant. Est-ce la peur de leur ressembler plus tard? De me retrouver coincé entre deux relations? De ne pas savoir avec qui faire ma vie? Ma mère a-t-elle raison? Doit-on vraiment «choisir»?

Je m'enfonce sur l'autoroute sous les arpèges de guitare mélancolique de Massive Attack. Je crois que j'ai besoin de dormir, de cesser de penser aux autres, et de jouer à l'égoïste. L'année s'achève. 2004 sera plus limpide, plus éclairante.

Lorsque nous arrivons au Loews Le Concorde, il doit être près de vingt heures. Sébastien ne nous accompagne pas. Nous avons réservé une chambre avec un lit *king* et il n'est pas question de payer un supplément pour une troisième personne. Il faut dire que Sarah préfère rester discrète. Elle a déjà vécu dans la Vieille Capitale. Elle semble craintive à l'idée de croiser quelqu'un dans la rue. De devoir nous présenter. Moi, je ne vois pas le problème de se promener à trois.

Nous récupérons nos cartes d'accès et montons au douzième étage. Dans l'ascenseur, Sarah m'observe et se rapproche. Je place un bras autour de sa taille et lui glisse à l'oreille que ce soir, ce sera sa fête. Ses sourcils se relèvent, jouent la surprise pour encore mieux me faire découvrir la splendeur de ses yeux. Je saisis mon téléphone cellulaire pour appeler Sébastien. Nous y sommes. Décor de rêve, chambre spacieuse, grand lit qui n'aura aucun problème à accueillir trois corps. Sarah se lance vers la salle de bain, trousse de maquillage entre les doigts. Je la regarde appliquer finement une ligne de crayon noir sous ses paupières. Elle se fait belle pour ses hommes. Elle pense qu'elle est le centre de notre univers, mais je garde cette étrange impression que j'ai décroché le rôle principal.

Je pose les bouteilles de vin sur la table : un chablis, trois châteauneuf-du-pape et un mousseux italien. Sébastien et Sarah boivent du vin sans se préoccuper de son origine. Pour eux, une bouteille est bonne ou ne l'est pas. Je suis donc le seul à décider des cépages, et ça me plaît ; mon père serait fier de moi.

Quand Sébastien se présente devant notre porte, l'alcool est déjà servi. Nous trinquons en guise d'au revoir à 2003. Il n'y aura pas de musique électronique, pas de lourde basse qui nous empêchera de nous souhaiter nos vœux de la nouvelle année. Un huis clos. Juste pour nous.

Sébastien pose ses mains sur mes épaules, me masse doucement. Sarah regarde par la grande fenêtre de la chambre. La ville se laisse découvrir et les passants semblent minuscules dans la rue. Plus les gens sont petits, plus ils nous donnent l'impression de faire partie d'un paysage peint, un tableau qui fige le moment présent. Maintenant, je n'entendrai plus les noms de Christophe ou de

Romain. Ils sont déjà très loin dans leurs esprits. Ce genre de brouillard est toujours mon meilleur allié. Il m'aide aussi, car je ne m'angoisse plus avec ma mère. Peu m'importe ce qu'elle pense. Elle devra bien accepter celle ou celui qui sera à mes côtés. Mon statut d'enfant unique m'aidera. Elle a trop d'amour pour son seul fils. Elle ne serait pas capable de me renier pour « ça ».

Je laisse mon iPod sur la table. La musique doit toujours nous accompagner. Elle suit nos mouvements, donne le rythme et capture les souvenirs qui nous reviendront plus tard.

J'aurais envie de les soulever tous les deux, comme un superhéros qui vient à la rescousse d'âmes en peine. Je voudrais les porter sur le grand lit, pour me vautrer entre eux, pour les laisser faire le reste.

Je me ronge un ongle, écoutant d'une oreille distraite le compliment de Sébastien. J'ai choisi un vin magnifique, rond en bouche, aux saveurs qui lui rappellent ses nombreux périples en France. Non, je ne pense pas à Christophe. Pour oublier, je tends la tête vers mon amant, lui offre mes lèvres. Sarah ne rate rien de la scène, et plus elle observe, plus mon baiser devient violent. Je n'arrive pas à comprendre comment une femme peut s'exciter de voir deux hommes s'embrasser, mais j'accepte le jeu. Car tout est un jeu. De regards et de touchers. Et les leurs me rendent invincible.

Nous nous retrouvons sur le lit. Sarah veut enlever la douillette, mais je m'en fous. Elle déclare avec dégoût que cette partie n'est jamais lavée, que les traces s'accumulent au fil des réservations. Je m'imagine soudain les hommes et les femmes qui sont passés dans cette chambre. Tant d'érections à calmer.

Les coupes de vin ne sont pas terminées que déjà nous sommes torses nus. La peau blanche de Sébastien attire mes doigts, tout comme la poitrine de Sarah. Elle défait son soutien-gorge, puis le lance contre la fenêtre. Elle se transforme, devient invincible à son tour. Tout à coup, elle pourrait baiser devant la vitre de cette chambre sans la moindre réticence.

Les ceintures claquent ; une fourche gonflée, une petite culotte humide. Le meilleur des deux mondes. Tout à la fois.

Sébastien devient dominateur. Il me renverse sur le ventre, tire sur mes jeans et mon boxer. Je leur offre la vue de mes fesses et ils y posent leurs langues, parfois leurs dents ; une petite morsure pour me faire gigoter en riant. Sarah ne veut rien rater, elle s'agenouille près de ma tête. Et je m'enfonce entre ses jambes. Les vêtements terminent leur course sur le sol, nous sommes prêts à nous offrir dans un naturel qui m'étonne. Ne pas réfléchir. Non, ne jamais penser.

Quand Sébastien me pénètre, je serre la mâchoire. Même si Sarah me caresse les cheveux, je ne peux réprimer la vive douleur dans mon ventre. Mon amant devient animal, dirige l'action. Je n'attendais que ça. Je tends les lèvres vers les seins de Sarah, lèche ses aréoles offertes. Elle renverse la tête vers l'arrière, mais revient vite, attentive aux mouvements brusques de Sébastien. Je suis à quatre pattes devant elle. Je m'offre à l'homme que j'aime devant la femme que j'aime. La situation me laisse muet. Sébastien contrôle. Il va et vient selon son plaisir. Je fixe les yeux verts de Sarah. Ils semblent devenus gris. Elle doit voir. Apprendre.

Mais elle s'inquiète. Elle veut parler, mais aucun son ne sort de sa bouche. Si j'étais dans son esprit, j'entendrais peut-être quelque chose comme : « Bien fait ! Tu le mérites ! Ça t'apprendra. » J'espère qu'elle le pense. La tête dans un oreiller, je paie pour son amour, je paie pour notre amour. Sébastien n'a plus aucune décence, il s'enfonce et se retire dans de grands ébats, comme s'il était devant une foule au théâtre. Je soupire, indécis, entre joie et douleur. Sarah pose une main sous mon menton pour attirer mon regard. Elle plonge en moi, veut connaître toutes ces sensations qui me piquent. Il vaut mieux la satisfaire, laisser hurler mon corps, afficher la libération qui monte. Sébastien me violente. Il agrippe mes fesses avec force, plante ses ongles mal coupés dans ma chair. Je laisse échapper un cri.

— Tu lui fais mal, Seb.

Elle n'a rien compris. Il l'ignore. Il est dans son monde. Je lui appartiens. Cette simple idée me gêne par le plaisir qu'elle me procure. Je baisse la tête et encaisse.

— Sébastien ! Tu lui fais mal !

Sarah hurle dans mes oreilles, il ralentit alors le rythme, me demande : « Ça va ? » Je lui lance, d'une voix étonnée, mais implorante : « N'arrête pas ! Encore, je t'en supplie, encore. » Il y a des choses que les femmes ne peuvent comprendre. Il y a des choses que je ne comprends pas moi-même.

Pour la rassurer, je m'abandonne dans sa toison, les yeux fermés, la bouche ouverte. Sarah se prête au jeu, appuie fermement sur ma tête, comme si elle voulait me noyer dans le fleuve entre ses cuisses. Voilà ! Ne pas être épargné. Vivre la violence du sexe des deux côtés. Bonne année, Gabriel ! Tu ne sais toujours pas ce que tu veux vraiment, mais tu as le choix. Et le choix est cruel. La pression est trop forte. Le tonnerre gronde, il va éclater d'une seconde à l'autre. Sébastien ne ralentit pas la cadence, Sarah ne s'occupe plus de moi ; elle fixe ce membre qui me pénètre, brusque, animal... homosexuel. La honte me fera jouir. La honte est toujours là. Et quel sentiment honteux que de devoir se soumettre à un homme pour aimer une femme. Quelle haine envers soi-même que d'être excité par une femme qui nous regarde prendre du plaisir sans elle. Oublier. Jouir. Ne jamais réfléchir à l'après.

Sébastien atteint le point de non-retour. J'essaie d'accrocher le regard de Sarah. Je cherche le pardon. *Pardonne-moi, Sarah, de ne pouvoir me satisfaire que de toi. Pardonne-moi de me sentir si soumis devant ton corps que je n'ai aucun problème à dominer dans l'intimité.*

La honte, puis l'abandon.

2004

It must have turned fast, 'cause I did not see it come
I must have gone far, used to move so fast
Sing me again, make me sure you're there
But I don't have the easy touch, no I'm not strong at all
I turned to the worried kink when I had something, something

Under a Silent Sea – Loney Dear

L'observer devant le miroir. Sa transformation. Sa métamorphose. Ce qu'elle s'acharne à subir en s'entraînant deux heures par jour. Le corps svelte, semblable à celui d'une mannequin anorexique, elle s'efforce de me charmer pour compenser la perte. Car il est parti. Une journée, début mai, où le soleil brillait tellement qu'on aurait dit une première canicule avant l'été. Rien ne laissait présager autant de déception.

Il a joué le tout pour le tout. Des aveux, des aveux que les mensonges précédents n'ont pas apaisés. Sébastien a glissé. Notre histoire à l'air libre. Celle d'un fil tendu entre trois êtres, un fil brisé par la révélation. Il a laissé Christophe derrière, lui léguant le mobilier et le prix du loyer. Un billet d'avion aller simple. Pour Paris. Comme s'il avait échangé sa place avec l'ancienne vie de celui qu'il a jadis aimé. Un amour éteint depuis longtemps.

Sébastien s'est sauvé en France. Sans avertissements ni explications. Je n'ai plus de nouvelles de lui depuis six mois, et ça, Sarah le sent. Elle travaille fort pour remplacer le corps disparu. Et elle ne manque pas d'imagination : proposition de rencontres avec d'autres hommes, visionnement de films pornos gais durant l'acte, achats de jouets sexuels qui pourraient remplacer le pénis absent... Dans la glace, je lui souris, elle mérite toute mon attention, mais quelque chose m'empêche de lui rendre tout le désir qu'elle éprouve pour moi.

À l'extérieur, le mercure indique six degrés. Le réchauffement climatique me plaît, même si je me sens coupable chaque fois que j'y pense. Pour l'instant, c'est parfait pour la soirée qui s'annonce.

Sarah termine de se maquiller, et, dans le minuscule appartement qui est maintenant le nôtre, je saisis un sac de plastique miniature qui contient une dizaine de pilules blanches. Je pose un cachet sur le comptoir de la salle de bain et appuie au centre de ce bonbon dur avec un canif pour le faire éclater en deux morceaux. Je tends la main vers Sarah qui saisit la plus petite partie du comprimé. Un dernier coup d'œil dans la glace avant d'avaler cette moitié d'ecstasy dont nous ignorons la provenance. Le reste appartient aux amis. De nouveaux amis. Car la vie avance, les existences se croisent et s'éloignent.

Je me souviens très bien de ces nouvelles rencontres. En juillet dernier. D'abord avec un jeune garçon. Dix-huit ans à peine. Quelqu'un qui ne trouvait aucun sens à sa vie, qui ne faisait que consommer pour le plaisir d'en prendre plus, toujours plus. Son pseudonyme : MDMAX10. Quand je lui ai demandé ce que ça signifiait, il m'a vanté le bonheur de ces pilules qui nous rendent honnêtes. Intrigué, je l'ai questionné sur le réel besoin d'un cachet pour se sentir vrai. J'ai été déstabilisé lorsqu'il m'a expliqué qu'un comprimé ne suffisait pas. Il fallait en prendre dix, pour chercher l'overdose, pour trouver un certain équilibre entre l'action et l'inertie. Je lui ai parlé pendant un mois avant d'accepter de le voir. Il se présentait comme un bisexuel curieux qui détestait ses parents, qui voulait les obliger à affronter sa douleur. Probablement pour les faire réagir, mais ça ne fonctionnait pas. La seule façon de leur ouvrir les yeux était dans la mort, dans l'abus, dans le désir de se faire si mal que ce mal se transporterait dans les veines de ses géniteurs. Le 22 juillet, il m'a fixé un rendez-vous à Longueuil. Une adresse qui n'était pas la sienne. Je ne connaissais personne à cette fête, mais je m'y suis rendu quand même. Après le départ de Sébastien, le vide en moi était si grand que la nécessité des rencontres multiples s'imposait. Il fallait voir d'autres visages, continuer à vivre ; chercher l'équilibre.

Dès que je me suis présenté devant le 920, rue Cartier, les sourires qui m'ont accueilli m'ont tout de suite paru familiers. Comme si la dizaine de convives qui se trouvaient là savaient déjà que j'arrivais. Les bras grands ouverts, les baisers sur les joues, les mains sur les épaules, on aurait dit que j'étais Ulysse qui revenait d'un long voyage. Je n'ai pas eu besoin de dire un mot, on m'acceptait déjà. Quand j'ai vu le fameux MDMAX10, je n'ai pas été surpris. Il était l'être que j'avais imaginé : un jeune homme réservé, timide, replié sur lui-même au point d'en être paranoïaque. Nous avons échangé quelques banalités, mais sa consommation était tellement avancée que je devais lui tirer les mots de la gorge. Je me suis éloigné pour aller vers les autres. J'ai choisi la jeune femme la plus lumineuse de la soirée ; Dana. Dix-sept ans, les cheveux blonds bouclés, avec cette curiosité qui me rappelait ma propre avidité. Elle venait tout juste de terminer l'école secondaire, prête à vivre l'expérience du cégep, qui, selon elle, représentait enfin la liberté. Je ne sais plus si elle était sur le speed ou l'ecstasy, mais elle s'ouvrait à tous, exprimant la moindre réflexion qui lui passait par la tête. Quelqu'un d'autre aurait peut-être trouvé tout cela trop enfantin, mais j'aimais l'entendre discuter du grille-pain autant que de la souveraineté. Des petites questions charmantes. La recherche de la vérité dans les interrogations simples et idiotes.

Elle est venue m'offrir un cocktail aux baies d'açaï. J'ai eu envie de la serrer dans mes bras, de lui dire que l'avenir allait être si beau pour elle, mais je me suis retenu. Elle m'a présenté son amie, Charlotte, en appuyant sur son homosexualité : « Voici mon amie lesbienne ! » J'ai tout de suite senti que la précision avait son sens, car cette Charlotte dévorait Dana des yeux. Habillée d'une légère robe brune et verte, à la manière d'une hippie, elle tournait sur elle-même dans un mouvement continu pour faire voler le tissu au vent. Elle s'amusait à me défier d'un regard complice, fixant ses pupilles dans les miennes, peut-être pour tenter d'y lire une forme de jugement. Et je soutenais ses iris bleus et éclatants, en contraste parfait avec ses cheveux noirs. Pendant un instant, j'ai eu l'impression de tomber sur un groupe qui s'était réuni dans le seul but de me faire basculer du côté obscur d'une jeunesse qui m'échappait déjà.

La soirée s'est enfoncée dans la nuit et tous les délires semblaient permis. Un garçon nu sur une table, une jeune fille couchée en boule dans un coin du salon, une autre qui vidait le reste de sa bière dans le pot d'une plante, puis la sonnette, retentissante, pour faire place à deux policiers prêts à arrêter le premier qui jouerait d'insolence. Ils ont demandé qui vivait ici : silence de mort. Tout le monde se regardait, l'air interrogateur. Bienvenue dans le nouveau millénaire, où l'hôte a beaucoup moins d'importance que le lieu où un *get together* est planifié. Au bout de quelques minutes, MDMAX10 (quel était son nom, déjà ?) est allé chercher Juan, celui qui vivait prétendument dans le sous-sol de ses parents. Il s'est approché des deux hommes en uniforme, un peu étonné, car il n'y croyait pas. Je m'attendais à une certaine panique dans sa voix, mais ses mots et son accent espagnol m'ont tout de suite fait changer d'avis. Il s'est d'abord excusé pour la musique, et, en un claquement de doigts, celle-ci était déjà disparue. Il a eu l'audace de demander aux agents s'ils désiraient le numéro de téléphone de son père, qui était déjà au courant de cette fête. Il s'apprêtait à écrire des chiffres sur un bout de papier quand les policiers se sont mis à reculer, lui disant simplement de baisser le ton et de ne pas se promener sur le terrain extérieur pour ne pas déranger les voisins. Nous avons tous retenu notre souffle jusqu'à ce que la voiture disparaisse au coin de la rue. Dana a ensuite demandé à Juan s'il comptait vraiment donner le bon numéro de téléphone. Il a répondu qu'il bluffait sur toute la ligne, ajoutant un « Joder a la policía ! » les yeux en l'air. Je l'ai regardé encore une fois : un corps basané et squelettique, souvent pris de soubresauts, avec une cigarette indissociable de la main. Des lunettes d'intello posées sur un nez fin et des joues rougies par l'alcool. D'un air indifférent, il a remonté le volume de la musique. J'ai appris plus tard qu'il venait d'un petit village près de Barcelone, qu'il en voulait à ses parents d'avoir émigré dans ce pays si froid quand il avait quatorze ans.

Sans le savoir, je venais de trouver mes nouveaux amis. Facilement. Presque trop facilement.

On cogne. J'enjambe deux boîtes de carton remplies de livres que nous n'avons toujours pas défaites, puis j'ouvre la porte d'entrée qui donne sur le salon. Pour l'instant, seuls un divan de cuir et une vieille télévision s'y trouvent. Les priorités sont ailleurs.

Thomas et Joko pénètrent dans l'appartement. Sarah leur lance un « salut » de la salle de bain. Quand je regarde mon meilleur ami, je trouve qu'il a encore engraissé. Ça m'attriste, et ça me ramène à mon propre corps. Chez moi aussi, avec les années qui filent, le gras s'accumule. Je pourrais courir un marathon, visiter le gym six fois par semaine ou nager chaque soir, mais la vie de couple m'a enfermé dans des habitudes et une paresse que je trouve difficiles à surmonter.

Thomas sourit, nerveux. Il déteste l'idée de se rendre dans un hangar pour danser toute la nuit. En fait, il ne danse pas. Il reste assis et regarde les autres s'amuser. Chaque soirée le laisse de marbre, même s'il boit sans arrêt jusqu'au lendemain. Il y a quelques mois, il a pris la décision de ne plus nous accompagner nulle part. Mais ce soir, c'est différent. Il sait que Dana sera là. Ils ne se sont croisés qu'une ou deux fois, mais j'ai tout de suite senti une chimie sexuelle entre eux. Si au moins Thomas avait le cran de saisir Dana par les hanches pour lui parler d'attirance. Impossible. Trop de questions, trop de non-dits, trop de honte et de haine envers son propre corps. Comment plaire à l'autre si on se déteste autant ?

— Qu'est-ce que t'as pris à soir, Gab ?

Il me connaît trop bien. Et quand quelqu'un sait tout de nous, il arrive qu'il se prenne pour notre sauveur, qu'il veuille nous prémunir contre chaque obstacle ou mauvaise décision. Je me souviens du balbutiement de notre amitié en deuxième année du secondaire. Un déclic dans ma tête, une petite voix pour me convaincre : « Garde-le, celui-là. Il n'est pas comme les autres. »

Je lui tire la langue pour lui faire comprendre qu'une moitié de cachet s'y trouvait quelques minutes plus tôt. Pas encore d'effet.

Joko, lui, n'a pas soufflé mot. J'ai l'impression que c'est peut-être culturel. Il est né d'un père indien et d'une mère chinoise. Il porte bien son nom, car Joko signifie « jeune homme » dans la langue de sa jeunesse, l'indonésien. Et il a l'air d'un gamin, comme ceux que l'on voit parfois dans les documentaires dramatiques sur les pays du tiers-monde. Même s'il est arrivé à Montréal bien plus tôt que Juan, il ne saisit pas encore toutes les subtilités du français. C'est sans doute la gêne de dire une connerie qui le rend aussi muet. Il pourrait être là ou non, ça ne changerait rien. Un ami absent malgré sa présence. Celui qui suit et ne s'affirme jamais. Il me tend la main pour recevoir sa dose, puis se dirige vers la salle de bain. Il ne dira rien de plus là-bas ; il écoutera seulement les histoires de Sarah. Et parce qu'elle a horreur du silence, elle le comblera comme elle peut. Je crois que ça le fait rêver. Il souhaite peut-être la prendre dans la douche ou sur le plancher de marbre. Sarah m'a déjà confié qu'elle nous verrait bien tous les trois. Toujours à la recherche du remplaçant de Sébastien. J'ai refusé. Pas question de mêler l'amitié aux relations sexuelles. Baiser, c'est détruire la complicité amicale.

— Qui est-ce qui va être là ?

L'insécurité de Thomas, une peur si constante... Il ne s'est pas déchaussé, il attend comme un chauffeur désigné dans l'entrée, sa casquette rouge vissée sur la tête. Il ne consommera rien. Je doute que ce soit par choix. Son médecin lui recommande de se tenir tranquille. Encore une histoire de corps et de haute pression. C'est tout de même étrange que les meilleures personnes se retrouvent sans cesse dans les pires corps. Je me suis toujours méfié des gens trop beaux. Ils me donnent l'impression de cacher la plus grande superficialité, ou pis encore, une stupidité sans fin. Ce qui est triste, c'est que la stupidité ne se soigne pas. Jamais. On est tous le con de quelqu'un d'autre, mais quand ce quelqu'un d'autre se multiplie, certains devraient se poser des questions...

— Juan, Charlotte et sa blonde, Danaaaaa ouuuuuuh ! Et, bien sûr, nous quatre.

Il n'aime pas mon intonation. Pour lui, les deux qualités de Dana, sa jeunesse et sa curiosité, sont aussi ses deux défauts. Il ne se sent pas à la hauteur devant tous les jeunes hommes sveltes qu'elle attire et qui pourraient la charmer et l'éloigner de lui. Il joue la carte du bon gars. Il est là, sans insister. Il parle, sans exagérer. Il agit, mais ne va jamais au bout de ses actes. Dana s'en amuse. Elle semble vouloir ensorceler la terre entière, prête à découvrir tous ceux qui pourraient lui accorder quelques secondes d'attention. Thomas se l'explique par son âge, et je reste ébahi de l'énorme fossé qui peut séparer deux êtres. On parle de quatre ans. Quatre petites années qui scindent deux générations.

— Là, on ne reste pas trop tard, hein ?

— Thomas ! Calvaire ! C'est le jour de l'An ! Tu vas pas commencer à chronométrer le temps ? C'est pas parce que tu nous offres le *lift* qu'on va rentrer à l'heure que tu veux.

Vaut mieux que ce soit clair. Il rechigne, mais se tait, car Sarah et Joko arrivent vers nous. Ce dernier s'est laissé emporter par le coup de crayon de ma copine. N'ayant plus rien à lui dire, elle a dû lui dessiner un trait noir sous des yeux pour combler le vide. Il a l'air d'un *emo*, mais je ne passe aucun commentaire.

— Prêt à partir ?

J'acquiesce, puis serre la taille de Sarah. Un geste anodin pour marquer mon territoire devant Joko. S'il la désire, il devra passer par moi. Et ça, je sais que ça ne nous intéresse pas !

Nous refermons les portières de la New Beetle derrière nous. Thomas conduit la voiture de Sarah. La sienne n'est qu'une compacte de deux places. Je sais que c'est exactement la raison de son achat. Éviter de jouer au chauffeur désigné. Mon meilleur ami boucle sa ceinture et démarre. J'ouvre le coffre à gants pour chercher le boîtier de disques. Il faut se mettre dans l'ambiance. Je choisis une compilation électro, et les basses envahissent tellement l'espace que Thomas baisse sa fenêtre pour souffler un peu. Il déteste cette musique. Il déteste ces soirées. Si Dana ne venait pas, il ne serait pas là. Malgré le jour de l'An. Nous arrivons sur les lieux après une demi-heure de route. Il s'agit d'un hangar dans Griffintown, loin des condos et des commerces. En général, on doit sûrement y entreposer de la nourriture ou des meubles. Charlotte est déjà là, assise sur la voiture de sa copine, Sunny, une Latina qui vient du Brésil, si je me souviens bien. Ça ne doit même pas être son vrai prénom ; elle a dû l'inventer pour faire jaser, pour se rendre intéressante. Je ne suis pas encore certain de l'apprécier. Toujours délicat de bien s'entendre avec les nouvelles flammes de nos amis. Un temps d'adaptation semble nécessaire. Cette Sunny a un sacré caractère de Scorpion. Comme moi. On dirait une ennemie qui empiète sur mon territoire. Son regard noir me perturbe. Elle a ce don de figer ses yeux dans les nôtres et de nous poser des questions vicieuses. C'est peut-être un modus operandi chez les lesbiennes, une forme de défense ; elles veulent voir notre âme avant d'atteindre notre peau. Je me mets à rire en l'embrassant sur la joue. Je ne sais déjà plus ce que je pensais d'elle ! Une vague de chaleur vient de m'emporter, et, tout de suite, le grand soupir. Un soupir d'aise, de bien-être et de réconfort. Il fait six degrés dehors, mais j'ai l'impression de me promener sur la plage. La lune personnifie le soleil, et une deuxième voiture passe près de nous comme une éclipse. Thomas lève les sourcils, scrutant sa Dana à travers les vitres teintées. Le conducteur arrête le moteur de sa Sunfire rouge pompier, et, lorsque la porte s'ouvre, je reste surpris de voir Éric. Il n'a toujours pas coupé ses longs *dreads*. Thomas bout de frustration. C'est que ce Éric est le premier amour de Dana. Grand, bronzé, musclé, svelte et un peu hippie avec ses cheveux qu'il ne lave qu'une fois aux deux semaines... Tout ce que Thomas n'est pas, tout ce que Thomas envie, mais ne voudrait jamais être. Je ne savais pas que Dana le côtoyait encore. J'essaie de le jurer à mon meilleur ami, mais il détourne la tête, enfonçant sa casquette rouge sur son front pour cacher sa déception.

Juan sort de la voiture en lançant des jurons en espagnol que je ne comprends pas. Il est suivi de Dana qui sautille comme une princesse qui retrouve ses valets. Elle nous fait la bise à tour de rôle, et je sens Sarah se figer quand elles se rencontrent. Sourires hypocrites. Elles ne s'apprécient pas... pour des fabulations. Sarah m'a souvent dit que Dana cherchait à m'amener dans son lit, mais j'éclate toujours de rire en entendant ce genre de fausse vérité. Je crois plutôt qu'il s'agit d'un combat silencieux entre l'amante et l'amie. Une compétition en « A », un simple détail qui effraie celle qui cohabite avec moi. Tant de peurs inutiles, tant d'incrimination à faible voix. Il y a quelques semaines, alors que Sarah me croyait endormi, je l'ai entendue maugréer contre sa « rivale ». Elle la voit comme une traîtresse qui pourrait brouiller les pistes et me charmer. Je découpe cette thèse en morceaux. Pour moi, il semble évident que Dana et Thomas devraient se fréquenter. Et la règle est simple : ne jamais jouer dans les plates-bandes du meilleur ami.

Sunny vient vers moi et me glisse quelque chose dans la main. Une autre pilule « pour plus tard », me dit-elle. Je voudrais lui lancer le cachet au visage. La traiter d'opportuniste.

Elle veut m'acheter... mais je suis tellement joyeux que ça fonctionne. Je l'embrasse et remets la pilule à Sarah pour qu'elle la glisse dans une cachette derrière son soutien-gorge. C'est encore le seul endroit où la sécurité n'ose pas trop laisser balader ses mains.

J'élève la voix pour dire que l'attente a assez duré. Avant de ressentir un buzz trop puissant, il vaut mieux passer les cowboys de la sécurité. Je me demande d'ailleurs la logique de la chose : un *rave party* dans un hangar, une soirée illégale en soi, mais un contrôle de drogue avant de pouvoir pénétrer dans les lieux... c'est à se demander si les organisateurs n'essaient pas de collecter le maximum de stupéfiants pour se faire une fête privée quelques heures plus tard !

Nous marchons vers la bâtisse grise qui se dresse devant nous. Elle me rappelle les granges près des fermes, toutes faites d'aluminium ou d'un matériau semblable. Je me demande comment le son résonnera dans ce genre d'espace. Pour l'instant, seule une basse discrète se répercute au même rythme que mon cœur. Dana, Charlotte et sa copine ouvrent la voie, suivies de Juan et d'Éric, alors que Thomas et Joko se traînent les pieds derrière nous. Sarah lie sa main à la mienne et un léger frisson m'envahit. Il faut entrer au plus vite.

J'ai mal jugé la sécurité. Nous la passons sans problème ; un grand gaillard trop occupé à discuter avec une jolie fille à forte poitrine regarde à peine l'intérieur de nos sacs. En cercle, devant la porte d'entrée, tout le monde se jauge une dernière fois avant de lancer un autre soupir euphorique. Éric ouvre le chemin et nous le suivons dans la pénombre striée de lasers colorés et éblouissants. Je perçois l'agacement de Thomas, mais je l'ignore, préférant me déplacer un peu plus pour lui signifier la présence de Dana. Celle-ci se tourne enfin vers lui, les yeux humides, le sourire naturel et désinvolte. Ils ne disent rien. Ils ne s'entendraient pas de toute façon. La musique vient de prendre toute la place. Elle s'infiltre en nous comme une décharge électrique qui veut retrouver la terre. Un écran affiche l'heure sur la scène principale. Décompte final dans cinquante minutes. À vue d'œil, nous sommes peut-être deux ou trois cents personnes.

J'élargis le cercle pour inclure tout le monde, même Thomas, qui se dandine sur ses souliers et refuse la main de Charlotte qui veut le faire danser. Nous plaçons les sacs des filles au milieu de notre cocon. Nous venons de trouver notre « spot », le lieu où nous nous rejoindrons toute la soirée, même quand nous ne comprendrons plus rien de ce qui se passe. Les sons crachés par les énormes haut-parleurs deviennent stridents, comme une sirène d'ambulance qui repasse sans cesse sur le même coin de rue. C'est l'heure de consommer, d'en rajouter sur ce qui a déjà été avalé.

Je repense à mon voisin du dessous que je voudrais tuer. Je m'imagine cogner à sa porte, le pousser vers sa chambre à la pointe d'une arme et le descendre sans pitié. Depuis quelques jours, il nous empêche de dormir. Sarah s'irrite, me supplie d'abandonner le bail de mon trois et demie. Mais, avec nos moyens, ce sera pareil partout. Un caissier aux études ne peut pas s'offrir le luxe d'un loft branché. Et ce n'est pas avec le travail de serveuse de Sarah que les choses vont s'améliorer.

Dana me tire par le bras, m'entraîne à l'écart devant ma copine, qui fulmine en nous observant. Je ne devrais pas placer ma main sur sa taille, mais je le fais par instinct, ou parce que la drogue fait effet ; je me fous alors de tout ce qui m'entoure. Je tends l'oreille vers la nuque de Dana. Ma tête bourdonne, mon corps sautille sur lui-même au rythme des vibrations de la musique.

— Ta blonde a l'air frustrée !

— Ouais... je sais. On dort mal à cause du criss de voisin. Ça joue sur son caractère.

Dana hoche la tête, compréhensive.

— Tu crois que Thomas s'emmerde ?

— Je sais pas. C'est toi qui devrais aller lui changer les idées !

— Pourquoi tu dis ça ?

Je hausse les épaules, l'air innocent. Il me tuerait s'il savait que je propage la réalité de son désir envers l'intéressée.

— Es-tu revenue en couple avec Éric ?

— Non. J'avais besoin d'un *lift* et Juan aussi. Il l'a regretté, d'ailleurs. Éric conduit vraiment comme une merde !

Elle me lance son plus beau sourire alors que je la traite de profiteuse.

Quelqu'un me touche l'épaule, et l'instant d'un moment, j'oublie l'endroit où je me trouve. La salle me semble beaucoup plus étroite qu'au départ. Des coudes m'accrochent, des épaules nues semblent me caresser le dos et le ventre ; une drôle d'impression de communion avec tous ces inconnus... Je n'arrive pas à faire le lien avec l'ecstasy, je préfère me dire que j'aime l'univers tout entier, que la vie est fabuleuse et que ces nouveaux amis sont là pour rester.

Le décompte s'agrandit à l'écran. Trente secondes avant de se prendre une nouvelle année en pleine gueule, avant de se retrouver dans un état différent, avec le sentiment d'un monde meilleur, où plus rien n'est impossible, où un cycle recommence, amène son lot de transformations et de changements. Charlotte et Sunny s'embrassent comme si elles voulaient s'avaler la langue, Éric masse les épaules d'une inconnue, Joko danse près de Sarah, toujours à l'affût d'un indice qui pourrait révéler son intérêt. Et Dana discute enfin avec Thomas, mais je suis certain qu'ils ne se comprennent pas sous les hurlements des danseurs. Je bouche mon oreille droite avec mon doigt. Dix secondes. J'observe ces visages sereins, détendus par la MDMA. Lorsque l'écran affiche zéro, des canons explosent et des confettis virevoltent comme une neige légère. Je vais embrasser Sarah sur la bouche, mais son baiser est sec, distant. Je n'ai pas envie de comprendre, et sans y penser, j'approche mes lèvres près de Dana. Au même moment, elle se tourne, souriante, ses cheveux bouclés remplis de confettis. Ce n'était pas voulu, mais nos bouches se touchent. Je réalise l'erreur. Sarah m'a-t-elle vu ? J'obtiens ma réponse, car elle est déjà dans les bras de Joko, le prenant par surprise pour lui souhaiter une bonne année un peu trop intime. Il reste figé, les bras secs le long du corps, toujours avec cette ligne de crayon noir stupide sous les yeux. Il sait que je fixe la scène, mais il est incapable de calmer les ardeurs de Sarah. Elle me pique. Elle se venge. Pourtant, la jalousie ne vient pas. Absente. Disparue depuis le départ de Sébastien.

Je détourne la tête, serre Thomas dans mes bras, lui glisse que je serai toujours là pour lui. Chaque fois que je consomme, c'est comme si les vérités sortaient de ma bouche avant que je ne puisse les rattraper. J'ai toujours considéré que j'étais un homme honnête, mais un peu d'ecstasy et je n'ai plus de filtre. C'est aussi une bonne façon de se connaître, de savoir si l'on se ment. Un comprimé, et les réponses sont limpides.

Je continue à danser. Jusqu'à cinq ou six heures du matin. Thomas se met à bouder, parce qu'il n'en peut plus de rester assis à regarder les autres s'amuser. Je le comprends, mais je fais tout pour éviter la pression du départ. Il se tourne vers Sarah, qui ne m'a pas adressé la parole depuis le décompte. Elle sait que j'en veux encore, et je crois que ce pouvoir lui donne un élan de vengeance. Les autres restent. Je dois suivre. Impossible de combattre l'ennui du meilleur ami et la jalousie de la copine. Même si le plaisir de la drogue m'embrouille encore le cerveau, j'abdique. Avec déception.

L'eau est chaude, presque bouillante. Mon corps fatigué ne sait pas encore s'il doit apprécier ce choc. Sarah pose un pied dans le bain et, au lieu de s'asseoir contre moi, elle cherche un espace pour me faire face. Je remonte mes genoux vers mon menton pour la satisfaire et la regarde allumer le joint. Rituel. Elle n'attend même pas de rejeter sa première bouffée avant de m'attaquer.

— Tu me jures que t'es pas amoureux de Dana?

Elle s'est préparé une liste de questions, elle aussi sait que je suis incapable de mentir sur l'ecstasy. C'est comme si ma bouche appartenait à un autre, un autre qui ne connaît pas le processus du mensonge. Même si j'hésite, même si je m'accorde un temps de réflexion, une boule me remonte vers la gorge et, avant même que je comprenne ce désir de vomir la vérité, les paroles se sont déjà échappées.

— Non. Pas du tout.

Elle tire une deuxième bouffée sur le joint, suspicieuse. Et pourtant, je suis un livre ouvert. Elle en profitera jusqu'au bout. L'interrogatoire peut commencer.

— Alors, pourquoi l'embrasser sur la bouche si ce n'est qu'une amie?

— Je fais comme toi, chérie. T'as bien embrassé Joko. Es-tu amoureuse de lui?

Du tac au tac, sans réfléchir, elle me dit que c'était pour me rendre jaloux. Je voudrais me retenir, mais je gaffe et lui annonce que ça n'a pas fonctionné. Je fixe les carreaux de la douche sous la faible luminosité du lever du jour. J'adore les nuages les lendemains de *rave party*. Le soleil? Trop agressant. Sur le comptoir de la salle de bain, mon iPod diffuse la musique instrumentale du film *Unfaithful*. Les notes de piano me rendent mélancolique. J'ai l'impression que Jorane souffle l'annonce d'une mort.

Sarah reste dans l'affrontement. Je lui repasse le joint éteint. Elle soupire, car elle a déjà mis ses mains dans l'eau et ne veut pas mouiller le briquet. Je lui tends une chandelle.

— En fait, je suis conne...

Je lui demande pourquoi.

— Je me méfie de Dana, mais ça n'a rien à voir. Depuis le départ de Sébastien, t'es absent, perdu, sur le pilote automatique, ou appelle ça comme tu veux.

Je voudrais retenir ma voix, l'emprisonner dans mon larynx, mais impossible de combattre la fatigue et la fin du *trip*. Je tente un « peut-être », hésitant.

Elle ne parle plus, réussit à garder le contrôle alors que j'en suis incapable. La fête, la drogue, la fatigue ; tout me ramène à la parole. Je dois dire, affirmer, avouer.

— Tu ne trouves pas ça bizarre qu'il soit parti comme ça, sur un coup de tête, sans véritable explication ?

— Il devenait peut-être trop amoureux de toi ?

Sa question n'en est pas une. C'est une constatation, une réplique qui laisse planer le doute. Et si c'était vrai ? Sébastien aurait-il eu peur de trop m'aimer, de briser mon couple ?

Sarah veut m'entendre prononcer des mots qui lui donneraient raison. Je hausse les épaules, incertain. La dernière conversation avec Sébastien était étrange. Loin des menaces, il m'expliquait quand même qu'il devait se confesser à Christophe, lui avouer sa tromperie, ses mensonges, lui dire que l'amour n'existait plus entre eux, depuis plusieurs années déjà.

— Il ne t'a rien dit ? Est-ce qu'il est venu te faire une déclaration ?

L'accusation dans la voix, elle éteint le joint dans le cendrier près de la baignoire, déplie légèrement ses jambes et
me fixe dans les yeux. J'observe sa gorge qui avale sa propre
salive avec difficulté. Elle est belle. Des traits purs, angé-
liques, et ce cœur que j'ai l'impression d'entendre battre
à un rythme effréné.

— Non. Il ne m'a rien dit de tel.

— Et s'il t'avait déclaré son amour ?

— Sarah... Penses-tu vraiment que je voulais former
un couple avec lui ? Vous étiez tous les deux ailleurs,
déjà engagés. Je profitais de la magie, sans me poser plus
de questions. J'ai accepté que tu continues à fréquenter
Romain pendant un an, j'ai toléré qu'il trompe Christophe... Qu'est-ce que tu me reproches au juste ?

Elle cherche une façon de s'expliquer, mais je détourne
les yeux vers la chandelle et sa flamme ensorcelante.

— Penses-tu encore à Jean-François ?

De la simple provocation. Bien sûr que j'y pense ! Qui
pourrait oublier son premier amour ?

— Parfois.

— Parfois quand ? Quand t'es au travail ? Quand t'es à
l'école ? Quand on fait l'amour ?

J'aimerais qu'elle la ferme. Je pose une main dans l'eau
devenue plus fraîche. Je bande. Mon sexe pointe vers elle,
et je saisis sa main pour l'approcher de mon érection. Elle
s'abandonne quelques secondes, par habitude, puis se
rétracte.

— Réponds...

— Qu'est-ce que tu veux savoir, Sarah ? Oui, je pense
à Jean-François. Chaque jour de ma vie, même. Dans mes
rêves, la nuit, il est toujours là. Son sourire, ses yeux bleus,
sa queue...

Elle tend la main vers le tapis du bain, cherche à tâtons
l'autre joint qu'elle avait déjà roulé. La fatigue m'assomme,

mais elle sait que le THC me réveille. Et plus je parle, mieux c'est. Elle allume l'herbe avec une autre chandelle. La musique a cessé. Je me hais de ne pas avoir activé la fonction en boucle. Je suis trop paresseux pour me lever et redémarrer le iPod.

— Si tu avais le choix...

— Ah! Non! Tu ne recommences pas avec ça!

Je connais la question par cœur. Elle veut savoir si ma bisexualité est égalitaire, s'il me serait possible de basculer d'un côté ou de l'autre. Cette peur, j'y ai droit chaque semaine. Toujours le doute et la crainte d'être utilisée par simple apparence.

— Tu préfères les hommes, non?

— À ce que je sache, je bande toujours quand je te baise!

Vérité crue. Elle remet sa main entre mes cuisses. J'ai ramolli.

— Si t'avais le choix...

— Je ne veux pas avoir le choix. Câlice, Sarah! Tu fais chier, là!

Elle se contente de tirer sur le joint, et je dois tendre la main vers ses doigts pour lui subtiliser ma part de bouffées.

— Je crois que t'es gai, Gab...

— Bon... qu'est-ce que tu me racontes encore?

— C'est simple! T'as beau bander avec moi, t'es pas là. Je sais pas si t'imagines Sébastien ou Jean-François, mais ça revient au même. Tu préfères sucer que de me manger. Tu me pénètres sans conviction, les yeux fermés. Qu'est-ce que tu penses? Que je ne le vois pas?

Je reste bouche bée. J'aurais envie de la prendre dans ce bain froid, tout de suite, simplement pour lui prouver qu'elle dit n'importe quoi. Moi aussi, je peux jouer à l'homme macho et viril. Ce serait facile de la baiser sur le comptoir de la salle de bain, pour lui prouver qu'il n'y a personne d'autre dans ma tête. Je me remets à bander. Elle le remarque, mais au lieu d'en sourire, elle en rajoute en me disant que le fait de prononcer les noms de Sébastien ou de Jean-François me fait «lever». J'ai l'impression que je ne peux pas me défendre; condamné par ses conclusions hâtives. Mais le sont-elles vraiment? Le silence qui nous entoure ne m'inspire pas. Et même si je pince mes lèvres, je n'arrive pas à ravaler mes paroles.

— T'as peut-être raison.

La satisfaction, puis la déception passent dans ses yeux. Elle aurait voulu que je la contredise, que je lui raconte qu'elle était unique, que, grâce à elle, je ne penserais plus jamais aux garçons, à leurs sexes et à leurs éjaculations. Elle décide de tirer sur le bouchon qui retient l'eau du bain. Elle en a assez entendu. Elle me domine autant que les hommes. Elle choisit la fin, et inutile de me battre. Je baisse la tête devant l'eau qui s'écoule. Elle place une main sous mon menton pour le relever. Ses yeux verts ne me jugent plus. Ils semblent résignés.

— J'ai compris, Gab.

La drogue encore. Elle fait tout comprendre.

— T'as pas besoin de moi. Je te ralentis.

Je veux rouspéter, mais elle m'arrête, en posant un doigt sur ma bouche. Il n'y a presque plus d'eau dans le bain.

— Je vais partir.

— Arrête ça! Il est huit heures du mat et t'as pas dormi depuis l'avant-veille!

— Peu m'importe. Tu ne seras jamais heureux avec moi, Gab. Jamais.

Ses yeux s'embrouillent, mais elle se force pour éviter les larmes. Elle se lève, chancelante. Le bain est vide.

— Dors un peu avant! T'as fumé! Tu te décideras plus tard…

Gagner du temps. Quelques heures à peine. Pour la regarder respirer et rêver. Pour comprendre que je ne la retiendrai pas.

Elle abdique. Dans notre lit commun, j'ai l'impression qu'elle se couche à vingt kilomètres de moi. Pourtant, son dos chaud touche ma poitrine. Je serre son corps par habitude. Mon cerveau réfléchit à cent à l'heure. Il me dit des choses que je ne veux pas entendre. *Profite. Profite, Gabriel ! Tu sais très bien que ce sera la seule femme de ta vie. Le seul espoir qui aurait pu te garder d'une autre existence.*

Vers trois heures de l'après-midi, après une sieste de six heures, elle est debout dans le chambranle de la porte, ses valises à ses pieds. La MDMA ne fait plus effet depuis longtemps.

Elle remet son jeans de la veille. Il doit être imprégné de sueur, mais elle ne s'en formalise pas. Je lui souris. Elle reste froide.

— Tu viens me sucer ?

Pas de réponse. Elle cherche ses derniers effets dans la pharmacie de la salle de bain. Je ne veux pas y croire, mais je sais.

Elle enfile son manteau, puis s'accroupit pour lacer ses bottes. Dehors, la température semble glaciale. En vingt-quatre heures, les nuages ont fait place à un soleil brillant qui ne concorde pas avec le froid qui reprend sa place.

Elle cherche ses clés de voiture, les trouve sur le vieux divan du salon, puis revient vers moi. Sa posture sévère et ses yeux verts me regardent comme s'ils voulaient immortaliser la scène. Je suis encore sous les draps, le sexe bandé. Pour elle. Je n'arrive pas à croire qu'elle pourrait se passer de mon excitation, mais elle n'y fait plus attention. Elle continue de me fixer dans un affront qui me pique. J'ai envie de lui ordonner de se dénuder et de revenir au lit, mais son silence m'offusque, et la seule chose qui me vient à l'esprit est derrière elle ; un bac de recyclage rempli de cartons et de bouteilles de vin vides.

— Est-ce que tu peux sortir le bac ?

Elle perd ses moyens dans un soupir rageur. Il me faut le dernier mot, puisqu'elle se refuse à m'en offrir un. Elle saisit le bac de recyclage, ouvre la porte de l'appartement et le place dans le couloir. Je me lève en vitesse, m'approche d'elle, nu, puis cherche ses lèvres qu'elle détourne. Un baiser sur la joue. Elle tire ses valises hors de la pièce, me jette un dernier regard.

— Alors, c'est tout ?

Ses sourcils se soulèvent d'étonnement devant ma question. Elle s'apprête à prononcer quelque chose, puis d'un geste sec, alors qu'elle ouvre la bouche, elle tourne la poignée et pousse la porte pour sortir. Un claquement sourd, puis mon nez à un centimètre du bois. Elle doit être fière de son effet.

Je me rends à la fenêtre, pour l'attendre, pour l'observer lancer le bac de recyclage sur une légère couche de neige tombée pendant notre sieste. Un contenant de verre et quelques morceaux de carton s'échappent sur le trottoir. Elle disparaît, puis revient avec ses bagages. Je voudrais lui crier de rebrousser chemin, de rester, de continuer à vivre dans cette illusion amoureuse, mais même en ouvrant la fenêtre, l'orgueil m'empêche d'agir. Je suis témoin de son départ, comme si je me trouvais devant la télévision en plein samedi après-midi, à regarder un film qui ne me concerne pas.

Elle ne prend pas la peine de gratter le givre sur les vitres de sa New Beetle. Elle démarre la voiture, indique son intention de tourner vers la gauche, puis appuie sur l'accélérateur pour quitter sa place de stationnement. L'auto noire s'éloigne, puis s'efface au coin de la rue.

En faisant le tour du trois et demie, je cherche un objet, un indice, quelque chose qui garantirait la promesse d'un retour... plus rien. Aucune brosse ou barrette, pas de déo, pas de rasoir, rien qui puisse indiquer la présence d'une femme dans les parages. Je me dis qu'elle reviendra. Qu'il s'agit d'un coup de tête ; la fatigue après un *rave party*. Mais une petite voix se fait hésitante dans mon esprit. Je reste pensif devant la fenêtre ouverte et le froid qui attaque ma peau dénudée. Sarah est partie. Voyons ! Elle reviendra ! Je suis trop important. Je compte trop pour qu'elle m'élimine aussi facilement. *Non ?*

Les mois de janvier et février se terminent sans nouvelles. Aucun appel, pas même le moindre message sur MSN. J'attends l'indice, la rumeur, le bruit qui pourrait m'indiquer qu'elle va bientôt frapper à ma porte. Rien. Le vide. Toujours le silence.

En mars, je me rends à l'université, je monte de grands escaliers et me dirige vers un local que je n'avais jamais visité auparavant. Un endroit dédié aux échanges internationaux. Partir. Partir dans un autre pays pour apprendre la vie, pour suivre des études d'une façon différente. Pour se sauver.

Je m'inscris. Sur une liste d'attente. On devrait me téléphoner si quarante étudiants se désistent. Une mince possibilité de quitter le pays. De me retrouver encore plus seul. Ailleurs. Un inconnu dans une zone étrangère. Une réalité à rebâtir. Pour conserver les dernières images. Partir, pour éviter de devenir un fantôme. Partir, parce que plus rien ne m'importe à Montréal.

2005

I know when all's said we're the same
If I could I would leave it all be
No chance to move backwards and see

Take it all in stride
Speak don't confide
We barely had a case

It's done before we try
Stop and end by night
A desert in your face

Yet Again – Grizzly Bear

Son regard n'est pas rassuré. Si on l'étudie avec minutie, on peut y déceler une certaine frustration. Mes parents diraient une «agressivité». Et pourtant, chaque fois que je me perds dans ses yeux, je n'y vois rien d'autre que mon propre désir entouré d'océan. Assis sur le divan de cuir au bout du salon, Luc cherche la raison de notre présence ici. Je comprends sa colère de ne pas être avec les siens, mais c'était le *deal* : Noël dans sa famille, le jour de l'An dans la mienne. En fait, il n'a pas vraiment eu le choix. C'est probablement la dernière année de mon grand-père. Espérons que je n'aie pas accéléré sa mort.

— Et toi, Luc ? Qu'est-ce que tu fais dans la vie ? Es-tu encore aux études ?

Ma grand-mère commence son questionnaire très tôt cette année. Il faut dire que la surprise a été générale. Tout le monde s'attendait à voir Sarah pour les Fêtes, mais quand ce petit homme de cinq pieds quatre est entré en me tenant la main, le malaise s'est installé comme si l'on venait d'apprendre une histoire d'inceste entre deux membres de la famille. Ma mère a pris les devants, encore plus forte que je ne la croyais, mais surtout par orgueil, elle s'est mise à présenter le nouveau venu : « Luc, le copain de Gabriel. » Ces mots résonnent encore dans ma tête alors que nous sommes tous assis dans ce salon à peine éclairé par les lumières qui décorent l'arbre de Noël.

— Je travaille dans un laboratoire à l'Hôpital Maisonneuve-Rosemont. Je termine mon cours de technicien en pharmacie dans une année environ.

Une réponse claire et précise. Il fait bien ça. Je n'ai pas besoin de le vanter ou de le vendre. Ce côté indépendant me rassure. Toute cette histoire est devenue officielle si vite. Il aura fallu du temps pour qu'il me trouve, mais en quelques semaines, les choses s'officialisaient déjà. Luc et Gabriel, le premier couple homo de la famille. Évidemment, personne n'ose demander où est passée Sarah. Il n'y aurait pas grand-chose à dire de toute façon. Mon dernier souvenir d'elle reste un bac de recyclage lancé sur la neige. Aucun autre signe de vie. J'ai attendu, puis les jours ont passé. Ma fierté a ravalé les derniers restes de pardon. Je voulais que ce soit elle qui fasse les premiers pas, qui s'excuse de m'avoir abandonné, mais je me suis rendu à l'évidence ; sa fierté est plus forte que la mienne. Un an déjà. Toujours pas de texto, de courriel ou d'appel.

J'ai commencé à angoisser. Pour les mauvaises raisons. Après deux mois d'attente, aucune mélancolie, aucun ennui ; un nom qui fait place à l'oubli. J'ai compris ce qui allait suivre. Essayer de renverser la vapeur. Rencontrer quelques femmes et me rendre jusqu'au lit. Déclarer forfait aussi vite. Zéro désir, zéro excitation, pas le moindre frisson au contact d'une peau douce et claire.

Luc est arrivé avec sa détermination habituelle. J'en avais vu d'autres, certes, mais il n'a jamais baissé les bras. Il est apparu à quatre heures du matin, fin mars, alors que je devais avoir bu un litre de vin blanc provenant d'un dépanneur douteux. Seul dans mon petit appartement qui me rappelait encore trop les fantômes du passé, je me suis connecté à Internet, et j'ai reçu une invitation MSN. À l'époque, Facebook venait de naître d'un projet universitaire. Pas encore connu au Québec.

J'ai été choqué par sa façon de m'aborder. Je me souviens m'être dit qu'il s'agissait d'un petit con qui se prenait pour le maître du monde. Comme si en claquant des doigts, j'allais courir vers lui pour en faire mon sauveur. Il m'a envoyé une vidéo de trois secondes, où j'ai eu l'impression qu'il avait des yeux mauves. Les webcams ont bien évolué depuis.

Il ne voulait pas discuter. Il voulait me voir «en vrai». Ma supposée bisexualité l'intriguait, le motivait. Il désirait me prouver que ça n'existe pas, qu'on ne peut pas être amoureux des deux sexes à la fois, il y en a toujours un qui penche plus dans la balance. Ça m'a offusqué. Comment pouvait-il juger mon histoire avec Sarah et Sébastien? De quel droit se permettait-il de classer mes sentiments? En une fraction de seconde, un simple clic droit allait l'effacer de ma vie pour de bon, mais il s'est excusé avant le geste décisif. Prétextant la mauvaise communication virtuelle, il m'a invité le lendemain dans un restaurant indien. Quand je lui ai avoué que je n'avais jamais mangé d'indien, il m'a obligé à accepter sa proposition. Quel être rempli de vanité et d'estime de soi! Le visage de Jean-François m'est revenu en tête. Ce narcissisme masculin me plaisait. Je me suis dit que j'allais bien m'amuser à le détruire en quelques phrases...

Le soir suivant, j'étais au métro Laurier à l'heure pile. Quand je l'ai vu arriver, mal rasé, les cheveux très courts, d'une taille si minuscule et svelte, je me suis tout de suite dit: «Ça ne marchera jamais entre nous.» Il m'a salué d'une poignée de main franche et a commencé à marcher comme si je n'existais plus. Je me suis rendu compte que ses petites jambes étaient en forme. Je lui ai demandé ce qui pressait, et sa voix rauque, qui ne concordait pas avec le reste de son corps, m'a expliqué qu'il détestait la chaleur du métro. Dans l'escalier roulant, il m'a questionné sur mon jour de l'An et mes résolutions. J'ai évité de parler de Sarah, préférant lui raconter ma prise d'ecstasy. Il a acquiescé d'un hochement de tête, peut-être pour me montrer qu'il s'en foutait éperdument. Antipathique jusqu'au bout des ongles ; la soirée s'annonçait très longue.

Dehors, sous une neige lourde et froide, nous avons déambulé pendant un bon quart d'heure. J'ai dû lui crier de ralentir le rythme, le menaçant de disparaître au coin de la rue Saint-Laurent. Il a calmé son pas, silencieux. Cette absence de paroles me rendait mal à l'aise. Qu'est-ce que je faisais là ? Flanqué d'un inconnu avec lequel j'avais échangé à peine une dizaine de phrases ?

J'ai continué à le trouver étrange tout au long du repas, mais il venait de gagner un point ; il me faisait découvrir la nourriture indienne. Dans un restaurant presque vide, avec un litre de vin rouge bon marché, j'ai commencé à me détendre pour écouter ce qu'il voulait bien me raconter : il était amateur de musique underground, diplômé en théâtre (je ne l'aurais jamais cru), cadet d'une famille de trois enfants (deux sœurs), ayant vécu une grande partie de sa jeunesse dans un bled (Princeville). Quand il s'est informé de mes origines, je n'avais aucune envie de me raconter. Tout ce qu'il me disait était tourné à la blague, comme s'il s'inventait une vie au fur et à mesure de la conversation. Chaque phrase un peu plus sérieuse qui sortait de ma bouche devenait un jeu de mots pour ce garçon que je croyais plus jeune que moi.

Le sujet de la bisexualité est inévitablement revenu sur la table. Je terminais ma deuxième coupe de vin et, avalant une bouchée de pain naan, j'ai enfin laissé sortir le nom de Sarah. Il a ridiculisé la chose à m'en blesser. Pour lui, je me cachais ma vraie nature. Par peur d'une réaction familiale ou sociale. Je détestais chaque accusation qui sortait de sa bouche.

Il avait su qu'il était gai à quatorze ans et avait écrit une lettre aux membres de sa famille pour leur annoncer cette nouvelle «fatale». Après ses deux fugues et des menaces de ne plus jamais revenir sous leur toit, ses parents n'avaient eu d'autre choix que d'accepter son homosexualité précoce. Luc se connaissait tellement qu'il me faisait soudainement douter de mon propre passé. Et si je m'étais caché derrière une façade hétérosexuelle pour me mentir? Comment aurais-je pu avoir tant de plaisir sexuel avec Sarah dans ce cas? Il n'arrivait pas à l'expliquer. Il me disait que mon corps n'avait pas encore connu la «bite» parfaite. Je le contredisais, lui racontant mes aventures adolescentes avec Jean-François.

— Et tu l'aimais, non?

— Oui.

— D'un amour déchirant? D'un amour qui aurait pu te mener jusqu'au suicide, non?

J'hésitais à répondre. Mon silence lui fournissait des armes.

— Voilà. Même toi, tu savais déjà que t'étais pédé! Tu voulais juste pas te l'avouer.

Si j'avais eu un peu plus de courage, je me serais levé et j'aurais quitté le restaurant sans un mot de plus, mais tout à coup, j'étais *scotché* sur ma chaise, intéressé par sa philosophie, par ses supposées explications irréfutables.

— Et toi? Les femmes?

Sa réponse a été catégorique: «Jamais.» Je pouvais lire une forme de dégoût sur son visage. Il n'avait jamais vu, touché ou goûté. Ça ne lui manquait pas. Il osait même dire qu'il y avait beaucoup trop de «beaux mecs» pour s'intéresser aux femmes.

— Des beaux mecs comme toi!

Premier compliment de la soirée. Je ne savais pas comment le prendre. C'était la première fois qu'un homme me parlait aussi directement. Même Sébastien se montrait plus subtil. Il faut dire qu'il ne pouvait pas exprimer son amour au grand jour devant Sarah.

J'ai baissé la tête vers mon cari de légumes et j'ai ressenti que ce n'était pas la bonne chose à faire. J'avais devant moi quelqu'un de fonceur, quelqu'un qui n'avait pas peur de dire ce qu'il pensait; un garçon qui savait exactement ce qu'il était venu chercher ici. Il n'était pas question que je le lui donne.

Quand la facture est arrivée, il s'en est emparé avant même que je ne puisse apercevoir le total.

— C'est pour moi.

— Non, non! C'est pas nécessaire!

— Je t'invite.

— J'ai de l'argent aussi...

Il m'avait regardé avec sévérité. Ses yeux, loin d'être mauves, étaient d'un bleu glacial, un bleu impossible à contredire. Je baissais la tête pour une deuxième fois.

— Quoi? Tu ne veux pas que je paie parce que tu vas avoir honte de me «flusher» et de ne plus jamais me revoir?

Cette attaque me donnait une autre munition pour partir sans demander mon reste. Qu'il la paie, la facture, s'il en avait tant envie!

— Ça n'a aucun rapport. Je trouve que tu te frustres facilement!

Il avait pris une seconde pour analyser ce que je venais de dire.

— Excuse-moi... j'ai parfois un humour qui dérange.

Ça n'avait rien d'une blague, mais j'appréciais ce moment de lucidité. Le souper qui venait de se dérouler me semblait être une partie de tennis où j'étais le grand perdant. Enfin, il osait s'abaisser, montrer un peu d'humanité. Je me suis tout de même dit que ce n'était pas parce qu'il venait de débourser soixante dollars qu'il allait me ramener dans son lit. Pas question.

À la sortie du restaurant, la neige était encore plus violente dans le ciel venteux. Nous marchions en silence, dans les petites ruelles de Montréal, où aucun passant ne semblait s'être aventuré. Près d'une cour d'école, il m'a arrêté parce qu'il était incapable de se retenir. Il devait uriner. Quelques pas à travers des jeux d'enfants, et je le voyais se soulager sans gêne. Par respect, je détournais la tête, mais l'intérêt était bien là. Les papillons au ventre se manifestaient, chose qui ne s'était pas produite depuis mes aventures à trois. Une fois sa besogne terminée, il a placé sa main sur mon visage, celle-là même qui venait de tenir son sexe, puis ses lèvres sont venues retrouver les miennes. Il embrassait bien. J'étais étonné. Tous les hommes que j'avais embrassés auparavant ne trouvaient jamais le rythme adéquat pour échanger un baiser. Trop rapide, trop lent, trop gluant, trop sec. La comparaison avec Sébastien était flagrante : pas de dents qui se cognent, pas de langue qui veut violer ma gorge. Quelque chose de simple, d'une douceur humide et érotique, bien dosé, près de la perfection. Une érection déformait mon jeans et je ne voulais plus m'arrêter. S'il n'y avait pas eu de neige au sol, je crois que nous serions tombés sur le gazon pour nous dénuder entièrement. Mais Luc a cessé l'action d'un geste sec, comme quelqu'un qui tente de calmer une personne boulimique qui veut se goinfrer encore et encore.

— C'est assez pour ce soir. Peut-être que ça te donnera le goût de revenir...

Oui, ça m'a donné l'envie de le revoir. J'avais l'impression de le détester et de l'aimer en même temps. Son attitude me rappelait celle de Jean-François, mais pas question de me soumettre, de perdre mon indépendance. J'attendrais qu'il revienne me relancer.

Et pourtant, deux jours plus tard, nous étions à nouveau réunis. Cette fois-ci, la chambre d'hôtel avait été réservée. Pas de restaurant, seulement une bouteille de vin et de la vodka. Je voulais prendre un bain, désirant recréer les histoires passées, mais la configuration de la chambre ne pouvait satisfaire mes projets. Une simple douche minable dans une pièce minable. La déception paraissait sur mon visage, mais Luc ne s'en faisait pas. Pour lui, le passé ne devait pas prédominer. Il fallait l'éviter à tout prix, le détruire, l'anéantir avec une nouvelle aventure.

Ce soir-là, il a enfilé un pyjama aux motifs bleus et noirs ; en fait, il s'agissait de petits robots Astro. J'ai eu envie de lui faire répéter son âge, ne croyant pas à ses vingt-sept ans, mais je me suis retenu de justesse lorsqu'il a baissé son pantalon de coton. Ce qui se dressait devant moi n'avait rien d'enfantin. Un pénis large et long, au gland rosé et aux veines proéminentes. Un sexe d'homme mature, beaucoup plus grand que le mien, ce qui m'avait donné l'impression d'être à mon tour un jeune garçon. Je ne pouvais plus prononcer un mot. J'étais subjugué par cette virilité complètement incohérente avec le reste de ce corps juvénile.

— Eh bien ! Je vois que t'es vraiment gai !

Je le détestais de me dire des vérités aussi profondes. Mais je ne pouvais contredire le désir et la curiosité qui m'attiraient vers cette chair offerte. Il s'est couché sur le lit inconfortable et je l'ai rejoint sur-le-champ, déjà soumis devant tant de grandeur et d'esthétisme. Je pensais à Jean-François, à son sexe que j'avais toujours admiré en me disant qu'il s'agissait probablement de la perfection. Il fallait revoir mes critères, transformer cette idée devant ce nouvel élément.

— Au lieu de rien faire, tu pourrais y goûter ?

Ce n'était pas vraiment une question. Il connaissait l'effet de son engin. Il avait bien joué son jeu. Il ne s'en était pas vanté une seule seconde.

Cette chose dans ma main allait tout changer. Ce goût dans ma bouche me transformerait à jamais. Je le savais. Il était tout ce que je désirais chez un homme. Une peau imberbe, un corps mince et jeune, des yeux dominants et cette autorité toujours sèche dans la voix. J'ai glissé ma langue sur la hampe, humant la douce chaleur des testicules dénués de poils. Le soupir que je venais de lancer lui donnait le contrôle. Le contrat venait de se signer. Je lui appartenais. Tout ça pour un pénis. Tout ça pour ce que je voulais tant éviter d'être. Un homme qui aime les hommes. Un homme qui prend du plaisir à lécher et à humer. Cette odeur parfaite... comme si mon nez me dictait mes préférences. Il y a de ces moments dans une vie qui nous apparaissent décisifs. Rien à voir avec un choix, c'est plutôt une pulsion qui nous pousse vers la gauche ou la droite. Un simple petit moment d'intimité qui change le parcours d'une existence. Je venais de trouver ce que je cherchais depuis plusieurs années déjà. Ma peur ne valait rien devant mon excitation.

Ma cousine offre un verre de champagne à Luc. Il la remercie et saisit le pied de cristal.

— C'est l'heure de passer à table !

La famille se lève pour se diriger vers la cuisine. Je vais rejoindre mon nouvel amour pour lui passer une main pleine de tendresse dans les cheveux. Mon grand-père ne bouge pas. Il fixe le mur devant lui, un masque d'oxygène transparent sur le visage. Un long fil le relie à une bonbonne argentée. Elle est accrochée sur un poteau soutenu par des roulettes. Ma grand-mère aide l'homme qu'elle a marié il y a plus de cinquante ans, mais ses gestes sont secs et violents. Mon père essaie d'intervenir, mais on sait tous que ce n'est pas la chose à faire. Devant cette assistance non réclamée, ma grand-mère se renfrogne et hausse la voix. Elle proteste, dit qu'elle prend soin de lui depuis les trois dernières années, depuis ce diagnostic fatal : les poumons se détruisent et pourrissent de l'intérieur. Chaque fois que mon grand-père tousse, j'ai peur de voir un morceau de chair lui sortir de la bouche. Je sais que mon père ne s'en remettrait pas.

Après maintes discussions (que Luc qualifiera d'engueulades), j'aide mon père à soulever mon grand-père du divan. On le traîne dans la cuisine et le place au bout de la table. Chacune de ses respirations me donne l'impression que ce sera sa dernière. L'air passe bruyamment, comme s'il ne restait qu'un tout petit espace vers la trachée.

Mon grand-père ne parle plus, il n'en a plus la force. Et je me surprends à me questionner sur ce qu'il pense de cette famille réunie autour de lui. Ma cousine qui cache ses souffrances derrière un discours de psychologue, mon oncle et ma tante qui vieillissent ensemble depuis l'âge de quatorze ans, se demandant peut-être si ce choix en valait la chandelle, mon petit cousin de dix ans, qui ne s'exprime qu'avec des onomatopées, ma grand-mère, qui s'offusque dès qu'on la complimente, mon autre tante, qui me donne l'impression de cacher son attirance pour les femmes, et mes parents. D'abord, ma mère, qui a pris du temps avant de réussir à s'intégrer ; elle parlait trop, d'une voix aiguë et joyeuse, ce qui générait des conflits avec ma grand-mère. Mon père, lui, a toujours agi comme un simple témoin. Il essaie de discuter de sujets neutres, mais aucun sujet n'est neutre dans cette famille qui aime se quereller, croyant en tirer un certain plaisir. Je pensais qu'en me présentant avec Luc, je placerais une bombe prête à exploser d'ici quelques minutes, mais la présence d'un inconnu gêne, elle calme les ardeurs de certains.

Une main posée sur la cuisse de mon homme, j'essaie de le rassurer sur ce qui s'en vient. Une seule petite réflexion sur la politique, et je connais la suite ; tout le monde va s'enflammer, prenant son opinion pour la vérité absolue. C'est pourtant la question de ma grand-mère qui me déconcerte.

— Comment va Sarah ?

Trois petits mots qui font froncer les sourcils de ma mère. Ça y est, l'insulte cachée est lancée. Je prends tout de suite la parole, explique que je n'ai aucune nouvelle d'elle depuis un an.

— C'est gentil pour Luc, ça.

Ma cousine tente de lui lancer un regard complice, et à ma grande surprise, il relève l'affront.

— Gab est rendu dans le meilleur camp. Il a laissé tomber son masque.

Je presse sa cuisse jusqu'au pincement. Dans les yeux de ma mère, une douleur se creuse, même si elle tente de ne rien laisser paraître. Je crois que Luc vient de compter des points, car tout le monde se tait et mange la dinde sèche dans son assiette.

Il ne faut que quelques secondes avant que mon oncle aborde la défaite du Parti québécois, puis la discussion reprend comme si rien ne venait de se produire. Ma tante appuie son mari, alors que mon autre tante parle de fédéralisme. Le référendum de 1995 revient hanter toutes ces paroles qui se transforment en attaques personnelles. Luc n'a aucun intérêt pour le sujet. En fait, je soupçonne qu'il n'y comprend rien. Il joue avec sa nourriture comme un gamin de sept ans. Je ne m'aventure pas dans la bataille. Il vaut mieux que la famille s'achève par elle-même, comme à chaque Noël. Luc a bien compris que je suis l'exception. Je parle peu, j'observe et j'analyse la tristesse de la situation. Pour me réveiller de mon mutisme, il pose une main sur la fourche de mon jeans et tourne la tête vers moi pour chercher mon malaise. Je garde mon calme, mais lorsqu'il descend ma fermeture éclair et plonge sa main dans mon boxer, je ne peux que soupirer ma détresse. Partagé entre le désir de le voir continuer et la peur de me faire surprendre, je réfléchis à cette nouvelle arrivée dans ma vie. Pas une journée sans me demander ce que je fabrique avec un garçon de ce genre. Suis-je seulement à ses côtés pour une question de physique ? Son sexe a-t-il déjà pris toute la place ? Si une femme me proposait de lui faire l'amour, je ne crois plus que j'en serais capable.

La soirée se poursuit avec l'échange habituel des cadeaux. Des présents anonymes. C'est un rituel qui amène toujours son lot d'affrontements. Encore. Le but est de choisir le cadeau que l'on préfère, mais tout est géré par un jeu de cartes distribuées au hasard. Chaque fois qu'une carte est dévoilée, la personne qui l'a dans son jeu doit choisir un cadeau ou en voler un. Une trouvaille de ma grand-mère... dans une revue féminine sûrement. Tout pour mettre de la bisbille et faire hausser le ton. La satisfaction du vol domine. Roi de trèfle ; ma tante saisit le cadeau de ma mère. Dame de pique, je vole le cadeau de mon cousin. Valet de cœur, ma cousine vient chercher ce que je viens de gagner.

L'échange s'étire jusqu'à minuit, où chacun constate qu'il n'est nullement satisfait de ce qu'il doit garder. Le jeu n'est plus un jeu lorsque ma cousine et ma mère troquent leur cadeau par préférence. Luc a de la difficulté à suivre cette logique familiale. Il s'emmerde. Royalement. Je sais qu'il regrette l'unité qu'il aurait pu vivre au sein de sa propre famille à Princeville. Je voudrais m'excuser, lui expliquer que je suis ici pour voir mon grand-père une dernière fois, mais ça ne sert à rien. De retour dans la maison de mes parents, il me dira qu'il m'admire. Je resterai surpris par ses paroles, ne comprenant pas comment on peut admirer une famille comme la mienne. Il ajoutera qu'on ne choisit pas la place où l'on naît.

Vers deux heures du matin, alors que nous nous couchons dans le minuscule lit qui me servait de repaire dans mon adolescence, il m'avoue avoir eu du plaisir à rire de ces gens. Je reste muet devant cette affirmation. Nous faisons l'amour. Même si j'ai peur que mes parents entendent tout à l'autre bout du couloir. Luc s'en fout. Il sait que je ne peux résister à ce qu'il me présente. La dernière fois que j'ai vécu une certaine intimité dans cette pièce, c'était avec Sarah. Je me souviens qu'au matin, ma mère m'avait confié que ça faisait bizarre d'entendre son fils jouir. Elle était rayonnante. Heureuse que je sois avec une femme et que je puisse la satisfaire. Heureuse en pensant aux petits-enfants, à la belle famille en construction. Je me suis souvent imaginé la souffrance qu'elle pourrait vivre en m'imaginant au lit avec un autre garçon. Maintenant que j'avais vingt-trois ans, elle ne pouvait plus croire à une passade. Son fils devenait homosexuel ; en fait, il l'avait toujours été.

Les semaines qui suivent sont une succession d'allées et venues entre mon appartement et la chambre de Luc. Il habite avec un couple d'une cinquantaine d'années. Une chambre à quatre cents dollars. C'est toujours un peu gênant de baiser en sachant qu'ils peuvent nous entendre, mais l'habitude efface les craintes. Et il y a la marijuana. Elle occupe toute la place. Je fumais bien quelques joints avec Sarah, mais ici, c'est un rituel quotidien. Luc n'arrive pas à s'en passer. Nous allumons des joints pour baiser, pour manger, pour écouter la télévision et pour dormir. Toute cette fumée embrouille mon cerveau, mais elle me permet de repousser le moment fatidique. Ce moment horrible où je n'aurai plus le choix de lui dire que je pars. Que je m'exile du Québec.

La réponse est venue par la poste, quelques jours avant Noël ; une simple lettre d'une page, me félicitant. Une confirmation nette et précise. Avec une bourse de quatre mille dollars.

Dès septembre, on m'attend de l'autre côté de l'océan. En France. Pour un programme d'études que j'ai choisi moi-même. Littérature française. À Nice.

Comment lui annoncer notre future séparation ?

2006

This time if it's hard to describe
How in your strange dreams you soar

You hear this call
On your own
When you stroll away
The wind's blowing (it's blowing)
Drives you home
When you stroll away

When you've lost trust and faith
What was strong on your mind
The wind's coming to take you
And it drives you at night

Morning Mist – Sébastien Schuller

Déplacer les rideaux marron. Tourner la manivelle. Ouvrir les grands volets beiges sur un soleil éblouissant qui pénètre d'un coup sec dans la chambre. Je porte une main sur mon front pour couvrir mes yeux, puis je m'assois sur une chaise de bois. Le tour du propriétaire se fait rapidement ici. À droite, un lit et une bibliothèque, à gauche, un mur granuleux. Lorsque j'y pose ma main, je ressens toujours un frisson en glissant le bout de mes doigts sur ces petits points qui ont été peints en blanc. J'ai mis du temps à m'habituer à ma nouvelle « demeure ». Il faut dire que je n'ai jamais eu l'habitude de vivre dans neuf mètres carrés. Nouvelle réalité. Nouvelle façon d'envisager le monde.

Quand je regarde par la fenêtre, je vois la ville qui s'étend jusqu'à la mer. J'ai choisi d'habiter au quatrième étage de cette résidence universitaire, un conseil de bienvenue de la part de la gentille dame à l'accueil. Il faut dire qu'elle a sûrement eu pitié de moi quand elle m'a vu arriver il y a quatre mois. Deux valises à la main, un sac à dos à l'épaule, mouillé comme si je venais de plonger dans la Méditerranée. Les seuls jours de pluie que j'ai connus ont eu lieu en septembre. Pour mon arrivée. Depuis, il fait toujours beau à Nice.

Dans la nuit, lorsque je me réveille à cause des voisins qui rentrent d'un bar en hurlant, il me faut au moins deux, trois minutes avant de comprendre que je ne suis plus à Montréal. Tout ce qui m'appartenait là-bas n'existe plus. Vendre le mobilier, le lit, le bureau, les chaises, la table de cuisine, la télévision, le divan. Me départir de tout, éviter de revenir sur ma décision. Faire table rase du passé, pour m'empêcher de reprendre un avion et de revenir au pays. Voyager ne change rien à notre vie. S'exiler transforme tout. Mais ça n'a rien à voir avec ce que je pouvais m'imaginer. Avant de partir, j'étais excité à l'idée de vivre ce grand moment adulte; le vrai test pour savoir si je pouvais m'affranchir de ma patrie et recommencer une vie ailleurs. Aujourd'hui, je me sens ambivalent. Et je pense à tous ces matins sans lui.

J'allume mon ordinateur portable pour vérifier mes courriels. Deux publicités, un message de Dana et trois messages de Luc. Ma meilleure amie me tient au courant des potins de ce que je considère comme mon « ancienne vie ». Elle m'annonce la présence d'un nouveau copain, mais hésite à lui dire la nature de son travail. Depuis mon départ, elle s'est fait engager dans un salon de massage. Avec extras. Parfois, je la jalouse. Je m'imagine tous ces pénis que je pourrais voir, toucher, caresser et faire jouir. Mais les scénarios qu'elle me raconte sont moins intéressants : des vieux qui bandent mou, des hommes sales et suants ou des clients agressifs qui en veulent toujours plus. Je referme le message sans prendre la peine d'y répondre.

Les courriels de Luc sont concis. Il me dit qu'il s'ennuie, qu'il a hâte de me soumettre à nouveau et qu'il trouve le temps long quand il doit se masturber pour se soulager.

Je suis surpris, je dois l'avouer. Quand je l'ai quitté pour venir en France, Luc faisait partie d'un deuil qui englobe autre chose, mais il n'en était pas la cause première. Je n'étais pas si triste. Oui, il m'attirait. Oui, il me faisait vivre des expériences sexuelles exceptionnelles, mais j'avais sans cesse cette impression qu'il m'aimait plus que je ne pouvais l'aimer. Histoire typique dans les couples ; il y en a toujours un qui donne plus que l'autre, qui aime davantage. Pourtant, notre séparation a brouillé les pistes. Peut-être que Luc est plus important pour moi que je ne voulais l'imaginer. Les adieux n'ont pas été faciles. Quelques jours avant le grand départ, chez ses parents, à Princeville, nous sommes sortis dans le seul bar de l'endroit, un passage ennuyant d'une quinzaine de minutes, avant de rebrousser chemin à pied et de traverser un terrain de football désert. Main dans la main, en silence, comme s'il s'agissait d'une marche vers la mort. Au milieu du terrain, Luc m'a arrêté, puis s'est mis à pleurer. Dans ma tête, le malaise grandissait et les mots affluaient : « Je ne t'aime pas. Tu es beau, tu as une belle queue et tu baises bien, mais je ne t'aime pas. Je trouverai probablement mieux en France. De toute façon, un an, c'est long. On fait bien de se laisser notre liberté. » Je l'ai serré dans mes bras, les yeux fixés sur la lune, attendant que ça passe. Il a continué à hoqueter sur mon épaule, m'accusant de lui briser le cœur, de partir alors que notre histoire commençait à peine. J'ai tenté de le rassurer, de lui proposer de venir me voir. Nous allions garder contact. Il n'aurait qu'à se concentrer sur ses études de technicien. Il n'allait pas voir l'année passer. Je lui promettais que tout allait se replacer en un claquement de doigts. Je souhaitais presque qu'il tombe amoureux de quelqu'un d'autre durant mon absence.

Pourtant, aujourd'hui, j'arrive mal à me cacher mon manque. Ce n'est pas l'ennui de certaines habitudes, nous n'avions pas eu le temps d'en créer. Certes, les soirées « bières et joints » pour baiser et perdre la tête revenaient souvent, mais c'était loin d'être routinier. *Et tous les matins sans lui...*

Je pensais trouver quelqu'un ici. Un petit Français, moitié romantique, moitié dominateur. J'avais ce goût de me laisser porter par une histoire improbable. Un amour de voyage, qui durerait une année au lieu d'un été. Mais la vie ne semble pas vouloir m'offrir cette rencontre. Je me retrouve souvent dans le lit de Français plutôt chiants, qui ne savent pas du tout vivre leur homosexualité avec légèreté. Pas question de s'afficher ni de marcher trop collés sur la Promenade des Anglais. Tout doit se faire dans une chambre obscure, loin des regards, toujours avec ce jugement pesant de la société. J'ai assez donné dans ce genre de mensonges. Il arrive un jour où l'on doit assumer ce que l'on est. Je me suis donc retiré de ces relations qui ne menaient à rien. Puis, j'ai revu Sébastien.

Ce n'était pas prévu. Je n'avais aucune idée de sa situation. Était-il encore à Paris ? Dans un autre pays ? Revenu au Québec ?

Un matin de novembre, j'ai ouvert mes courriels et un message laconique m'attendait : « J'ai appris que tu étais à Nice ? Je suis là-bas en fin de semaine, on pourrait aller dîner ensemble ? » Un jour comme un autre, la vie nous ramène les gens que l'on a aimés. Au restaurant, au coin d'une rue, au cinéma. Ce détour, malsain ou libérateur, s'effectue au hasard des années. Pour nous faire prendre conscience du temps qui passe. Je crois.

On aurait dit qu'il m'écrivait pour la forme, comme on répond à un ancien ami que l'on n'a pas vraiment envie de revoir. Mon message avait été tout aussi concis : « Oui. Je vis bien à Nice. T'as des bons contacts et de bonnes infos. » Je lui avais laissé mon adresse, lui disant que je l'attendrais, peu importe l'heure de son arrivée.

Le samedi suivant, il cognait à ma porte à neuf heures du matin, me réveillant d'une courte nuit où j'avais fait la fête avec quelques amis rencontrés dans les couloirs de ma résidence.

Quand j'ai ouvert, j'ai dû me frotter les yeux pour bien comprendre qu'il ne s'agissait pas d'un spectre de mon imagination. Deux ans sans le voir. Sans lui parler de vive voix. Deux ans à me questionner, à tenter de savoir ce que j'avais fait de mal pour précipiter son départ. En une seconde, avant même que je puisse remarquer les quelques cheveux blancs ici et là près de ses oreilles, il m'a empoigné par les hanches pour me serrer contre lui. Une accolade brutale, le genre qu'il pouvait faire lorsqu'il avait fumé de la marijuana et qu'il voulait montrer son amour avec un peu trop d'intensité. Je n'ai rien dit, l'ai laissé me broyer les os.

Il a commenté le minuscule espace qui me servait de chambre : « C'est plus grand que ma garde-robe à Paris. » J'ai ri. Avec une certaine froideur. J'étais heureux de le retrouver, mais toujours vexé par son manque d'explications. Il m'a proposé d'aller prendre un verre en ville et, même si je lui ai fait remarquer qu'il n'était pas encore midi, j'ai compris qu'il avait besoin d'alcool. J'ai enfilé un jeans et un pull qui traînaient sur ma chaise de bois, puis nous sommes descendus au rez-de-chaussée. Je l'ai amené tout près, au café Borghese, au coin des rues Fodéré et Bavastro. Après avoir commandé deux pintes de bière (le serveur n'a fait aucun commentaire, il en avait vu d'autres), impossible d'attendre plus longtemps. La question sur mes lèvres, il n'y avait plus que ça : « Pourquoi ? »

Il a pris du temps à formuler sa pensée. Deux années de séparation. Deux années pour oublier, pour modifier la réalité et laisser la place à une fiction plus douce, plus calme.

— Par où commencer ?

— Commence par le début... Tu sais, celui où tu disparais de Montréal sans avertir et sans donner de raisons...

Mon amertume n'a pas eu l'air de le toucher.

— C'était trop.

— Trop ? Trop quoi ?

Il s'est tu, a saisi la bière que le serveur venait de déposer devant lui, a bu une grande rasade. J'ai attendu, comme si j'étais retourné dans mon enfance, à jouer au roi du silence.

— L'amour... le mensonge... la tromperie... Sarah... toi... Ça fait si longtemps. Allez ! Parle-moi de ta vie ! Comment t'adaptes-tu aux Français ?

— Hey ! T'as brisé ce qui comptait le plus pour moi. Si tu penses que tu vas t'en tirer comme ça !

— Gab... regarde-moi. Regarde-moi, vraiment.

Je l'ai fixé pour le détailler. Trente-six ans, les yeux curieux sous ses lunettes rondes et sa peau lisse sans poil de barbe. Aucune différence avec l'homme qui s'était retrouvé tant de fois au milieu de Sarah et moi.

— J'attends, Seb.

Il a fini par comprendre. Il ne s'en sortirait pas.

— Je pense pas que...

— *Try me.*

Il a soupiré.

— J'ai eu peur.

— Peur de quoi, bordel de merde ! Ça suffit là ! Cale ta bière et accouche !

Il s'est mis à rire, me disant qu'il s'ennuyait de mes «pétages de coche». J'ai croisé les bras. Il avait déjà fini sa pinte alors que j'avais à peine avalé une gorgée de la mienne.

— Je suis tombé amoureux, Gab. Amoureux de toi, de Sarah. Avec Christophe dans le décor, c'était encore plus compliqué... et je savais que Sarah n'allait jamais m'aimer... j'étais son rival.

J'ai eu envie de hurler «C'est tout?», mais mon expression étonnée parlait déjà d'elle-même.

— C'est Sarah qui m'a demandé de partir.

J'ai recraché ma bière en m'étouffant.

— Quoi?

— Elle ne l'a pas dit avec des mots, mais c'est ce que j'ai ressenti.

— Osti! Tu me niaises?

Le serveur est revenu au même moment, s'amusant de notre accent : «Oh! Les cousins québécois! Encore une tournée pour monsieur?» Sébastien a accepté une deuxième pinte, retenant mon poing prêt à partir comme une torpille vers ce Niçois trop familier.

— Gab, relaxe! Ça ne pouvait pas continuer, tu le sais. Tu voyais bien que Sarah était malheureuse.

— C'était à elle de le dire dans ce cas! Pas à toi de tout crisser là!

— Ça m'arrangeait aussi...

— Ben oui! Certain que ça t'arrangeait! Tu t'es bien sauvé de Christophe!

— Ç'a pas rapport. Christophe savait que c'était fini bien avant ça.

— En tout cas. Sarah est partie un an plus tard. Alors, tout ça ne t'a servi à rien.

— Ça t'a servi à toi, non?

Je n'ai pas saisi son allusion tout de suite.

— T'as pu savoir ce que t'aimais le plus, non ?

— Ah, non ! Pas toi aussi !

— Gab, faudra bien qu'un jour ou l'autre tu saches si t'es pédé ou non !

— Tu m'écœures ! Qu'est-ce que tu veux que je te dise ? Que je la baisais sans désir ? Pour me sentir « normal » ? Le début de la fin a commencé après ton départ.

— Tu me donnes trop d'importance. Es-tu avec une fille ou un garçon présentement ?

J'ai hoché la tête. Choqué qu'il prenne exactement le même rôle que Luc, qu'il en arrive aux mêmes conclusions.

— Je suis libre. Je suis en France. J'ai baisé avec quelques mecs. Nul à chier. Voilà !

— On peut pas tous être des experts comme moi !

— Pfff ! Tu utilises encore trop tes dents pour te vanter de même !

Se défier du regard, pour se mettre à rire deux secondes plus tard. Impossible de vraiment lui en vouloir. Sébastien me rappelait le passé heureux, où justement j'oubliais les questionnements et les catégories. Une autre vie. Lointaine, si lointaine déjà.

— Si tu veux savoir, je suis avec un mec. À distance. Il s'appelle Luc. Je m'ennuie de lui. Je sais pas si je l'aime, mais j'aime sa bite, ça c'est sûr ! Aucune idée s'il y a de l'avenir... mais quand je pense qu'il y a quelque chose, tout finit par s'embrouiller, hein !

Il a accepté l'accusation sans broncher.

— Si t'es heureux, n'essaie pas d'en savoir plus. Vis-le.

— Ouais, ouais...

J'ai terminé ma bière. Il a fini sa deuxième chopine, puis nous sommes retournés dans mon neuf mètres carrés. Là-bas, la tension était trop forte. Les vêtements se sont vite retrouvés sur le plancher. Couchés dans mon lit à une place, il m'a embrassé. J'ai répondu à son baiser, puis les actes se sont enchaînés. Nous avons fait l'amour, avec une certaine passion, mais je n'ai rien retrouvé du passé. Il n'y avait que la mécanique des gestes ; des touchers bien placés, des langues qui savent plaire, mais une complicité évanouie. Deux êtres qui s'amusent sans se reconnaître. Un peu maladroits, gauches, hésitants. J'ai compris que, même si un océan ne nous séparait plus, le lien qui nous unissait avait disparu.

Quand Sébastien m'a fait sa bise d'au revoir, je savais déjà que nos corps ne se frôleraient plus jamais. Il y avait un temps pour chaque chose. Le nôtre était révolu. Je venais de saisir l'impossibilité de recréer ce qui se perd. L'esprit fait toujours son deuil plus rapidement que le cœur.

Les semaines suivantes se sont déroulées doucement et se résument ainsi : me rendre à l'université, suivre des cours sur des textes du corpus de Duras, sur la jalousie féminine dans la littérature ou sur le théâtre du 19e siècle. Je me souviens que j'appréhendais beaucoup la formation académique française... jusqu'à ce que je la vive. On pouvait finalement dire que les professeurs se foutaient des élèves, mais surtout que l'enseignement était beaucoup moins difficile que je ne l'avais imaginé. Sauf les cours sur les romans modernes, où monsieur Perez me fixait en me posant une question, et ne décrochait pas le regard, même si j'avais dit la mauvaise réponse. Il restait alors sur mon cas deux heures durant, faisant de moi son souffre-douleur, pour m'apprendre, m'apprendre à être attentif et à lire entre les lignes des romans de Kundera.

Ce moment de terreur devenait ma seule angoisse durant la semaine. Sinon, je dois avouer que je ne faisais pas grand-chose. Certes, je voyageais, je rencontrais des gens, je sortais jusqu'au petit matin, mais j'avais toujours cette impression de me sentir incomplet, comme si une grande partie de moi avait été oubliée au Québec. Cette partie, je devais me l'avouer, c'était Luc.

Chaque fois que je recevais un courriel de sa part, mon cœur palpitait. Il faut dire qu'il savait maintenir mon attention ; photos nues, vidéo où il se masturbait, récit de ce qu'il allait me faire subir quand il me verrait. Tout cela me mettait sur un pied d'alerte, me faisant compter les jours avant son arrivée.

Lorsque je l'ai vu apparaître à l'aéroport, le 23 décembre, je me suis surpris à le trouver encore plus beau qu'avant. On aurait dit que je ne l'avais pas vu depuis des années. Il semblait vieillir de mieux en mieux, comme un bon vin qu'on laisse reposer longtemps dans le cellier. Il avait encore l'air d'avoir dix-sept ans ; une petite barbe de deux jours, des yeux déstabilisants, une voix rauque et dominante... tout cela me donnait le vertige. Dans l'autobus qui nous ramenait de l'aéroport au centre-ville, le simple fait de lui tenir la main faisait durcir mon sexe. Je le voulais là, tout de suite, peu importe les passagers qui nous entouraient. Il était heureux de me revoir, prêt à découvrir ma nouvelle vie, à tolérer mon nouvel accent. Il avait l'œil vif, désirant avaler autant de culture que possible. Deux semaines de vacances, avec moi, son seul repère. Rattraper le temps perdu, car chaque seconde comptait à présent.

Nous avons visité Nice dans ses moindres recoins : la basilique Notre-Dame, l'immense parc de la colline du château, le jardin d'Albert Ier, les marchés à aire ouverte, les cimetières en fin de journée. Nous sentir seuls, entourés de fantômes. Nous embrasser devant le regard des esprits. Nous les imaginer choqués ou envieux. Tout voir, tout goûter, tout sentir. C'est toujours en voyage qu'on découvre le sale caractère de l'autre, mais je reste étonné, car Luc n'était pas difficile. Il acceptait mes itinéraires et me suivait, peu importe où je l'amenais. Sur la même longueur d'onde, aucune dispute, rien qui n'accrochait ou qui dérangeait. Et soudain, le désir qu'il reste avec moi, que l'on s'installe ici, sous le soleil continu de ce paradis méditerranéen. Les perceptions transformées, l'envie de bâtir un couple solide et prêt à résister aux embûches. Une communion parfaite. Deux hommes qui s'aiment, qui l'expriment au grand jour dans une France encore réticente aux changements. C'est là que j'ai compris que je m'étais trompé. Luc n'était pas un amour de jeunesse. Il était mon premier vrai amour, celui avec qui on s'imagine construire un avenir, celui qu'on visualise pleurer devant notre tombe lors de notre mort.

Nous avons parcouru des centaines de kilomètres. Pour voir Marseille, Nîmes, Arles, Paris et Lyon. Peu de sommeil, mais rien qui n'effrite le caractère. Sur la terrasse d'un petit bistro, avec un léger manteau, son rire, son désir ; dans les parcs, les restaurants, les marchés publics, son sexe toujours gonflé sur sa cuisse. Croire que c'est possible. Qu'on peut être amoureux. Nous aussi. Vivre cette espèce de communion que l'on voit si souvent dans les films hétérosexuels. Se lever à quatre heures du matin, prêt pour un nouveau voyage en train vers une autre destination. La richesse visuelle, le simple fait de découvrir cette partie du monde avec lui ; tout ça me suffisait. Et le soir, dans la nuit, ressentir la chaleur de son corps... rien de plus rassurant. Devant les monuments, dans les musées et les jardins, le même rythme. Pas de contemplation continue, mais l'idée du visiteur qui veut absorber chaque parcelle du passé. Se réveiller à ses côtés... oublier les matins manqués.

Luc a fini par prendre les rênes. Tout à coup, il décidait des parcours et ne restait plus derrière moi à attendre la prochaine étape. Devant l'ordinateur, il choisissait les destinations, préférant certaines villes à d'autres. La France devenait notre terrain de jeu. Quand je lui demandais ce qu'il voulait, il me répondait clairement : « Je veux voir les arènes, et Aix-en-Provence aussi. Je veux prendre un avion et visiter Paris. » Rien n'était impossible, je voulais lui montrer que je pouvais réaliser ses moindres désirs.

Nous avons passé plusieurs soirées en symbiose, l'un contre l'autre, dans le minuscule lit de ma chambre, à fumer quelques joints, à consommer de l'ecstasy et à faire l'amour entre tendresse et violence. J'ai vite compris que je quittais l'adolescence. Je n'étais plus là. Nous n'étions plus là. L'engagement changeait tout. Luc était l'un des seuls qui pouvait soutenir ma personnalité parfois trop forte ; mes « petites folies », comme je les appelais. Pas de surprises ou de cachotteries, je restais un Scorpion, avec un sale caractère et des élans extrémistes. Mais tout cela ne lui faisait pas peur. Il savait comment me prendre, comment contrôler mes angoisses ou mes excès de joie. Même avec Sarah et Sébastien, je n'avais jamais vécu une acceptation aussi évidente. Il m'aimait. Avant même que je commence à m'intéresser réellement à lui.

Il y a quelques jours, j'ai laissé tomber mon masque. Je lui ai avoué qu'il me surprenait, qu'il m'envoûtait et que je ne savais pas trop comment réagir à tout ça. Il m'a alors répondu : « Je suis bien avec toi. C'est tout ce qui compte. »

Je pensais vraiment, à mon départ, que j'allais retrouver un autre homme aussi beau ; j'allais sûrement devoir faire mes adieux à Luc à six mille kilomètres de distance. Je me voyais tomber amoureux d'un Italien, d'un Espagnol ou peut-être même d'un Français. Pour moi, Luc n'était qu'un jeu agréable. Je ne sentais pas de connexion aussi intense, comme j'avais pu en avoir avec Jean-François ou avec Sarah et Sébastien. Il nous manquait la poésie. Les bains à la lueur d'une chandelle. Les soirées de confidences. Pas de mélancolie, de larmes ou de grandes réflexions qui m'animaient tant. Avec Luc, c'était un long fleuve tranquille... jusqu'à ce qu'il prenne le contrôle.

Il était soudain tout ce que j'avais toujours souhaité ; petit (il ne prenait pas trop d'espace dans le lit), imberbe (sa douceur de bébé me faisait déposer mes lèvres partout sur sa peau) et son sexe, idéal, un contraste démesuré par rapport à la taille de son corps. On aurait dit une déformation, une maladie, un cancer qui aurait poussé pour rejoindre le sol. Quand il se levait pour s'habiller, je le fixais en retenant mon souffle. Puis, c'était plus fort que moi, je devais lui susurrer : « Décalotte-la ! » Parfois, il obéissait, mais souvent, il se fâchait. Il me répétait qu'il était celui qui donne les ordres, que je pouvais bien quémander, mais qu'il avait toujours le dernier mot. Tout ce qu'il me disait s'ajoutait à mon excitation déjà prenante. Je buvais ses paroles comme des règles d'autorité que je ne devais jamais enfreindre. Il était roi et maître, mon plaisir devait passer par le sien, car c'était bien là la définition de mon rôle, un rôle qui me faisait ouvrir la bouche et les jambes. Impossible de me refuser à lui. Le désir de le voir nu, la pulsion de le toucher « là », de remonter les doigts vers son gland pour jouer avec l'urètre et tenter de recueillir une goutte de liquide transparent ; une victoire bien méritée que je portais directement à mes lèvres, comme s'il s'agissait d'un miel rare. Devant mes gestes, Luc continuait à me fixer d'un regard sévère qui me bouleversait. Parfois, il lançait un sourire satisfait et, s'il ouvrait la bouche pour me dire que je faisais du «bon travail», j'en perdais tous mes moyens.

Je n'aurais jamais cru qu'un jeu inoffensif comme celui-ci puisse changer le cours d'une relation. Je ne pensais pas m'ennuyer autant de son approbation et de ses giclées de sperme. Il éjaculait une quantité incroyable de jets sur mon visage, pendant que je jouissais à mon tour en soutenant son regard hautain. Il y avait quelque chose qui m'emportait dans ces actes crus et secs. Au lit, Luc décidait de tout, il fixait les règles et je jouais à l'esclave, le sourire aux lèvres, comme si Dieu se trouvait devant moi. J'obtenais le pardon de mes péchés en purgeant ce sexe dressé. Il fallait le cajoler, l'embrasser, le nettoyer ; je réalisais toutes ces actions avec passion, appréciant tout cela sans même me questionner sur ces nouvelles habitudes qui devenaient déjà routinières.

Au jour de l'An, l'approche de son retour vers Montréal m'avait pris aux tripes. L'amour venait de terminer son processus de renversement. Ça n'avait pris que quelques mois de distance et deux semaines de jeux sexuels un peu plus poussés, mais on y était. J'étais devenu amoureux, et je semblais l'être plus que Luc ne l'avait d'abord été. Je détestais ce sentiment que je considérais comme de la faiblesse et, même si j'aimais me soumettre à mon homme, j'aurais voulu être capable de me soumettre à d'autres aussi, sans me sentir coupable, sans devoir travailler pour effacer le visage de celui qui prenait maintenant toute la place.

— Alors, as-tu hâte de revenir à Montréal ?

— Non, pas du tout ! Je préfère être avec toi.

Il savait aussi être doux et romantique au bon moment. Mais peut-être venait-il de comprendre que le *challenge* était terminé, que je lui appartenais. Je m'étais bien débattu au départ, affirmant haut et fort la fierté de ma bisexualité, ce qui lui avait donné le défi de me faire oublier les femmes. Je crois que je l'avais insulté en lui disant que rien, pas même sa queue, ne pouvait effacer le plaisir sexuel que j'avais eu avec Sarah. Mais, un verre de vin blanc à la main, assis à la terrasse d'un café à Montmartre, il revenait à la charge, toujours avec cette confiance aveugle qui m'enrageait et me charmait à la fois : « Tu verras… un jour, tu vas me supplier pour lécher ma bite encore une fois. Tu ne pourras plus exister sans elle. Tu te sentiras vide, perdu, inutile. » Tous ces mots glissaient sur moi sans que je m'en préoccupe. Des divagations alcooliques… Je riais, puis je me jetais sur lui pour le chatouiller jusqu'à ce que mes mains se posent naturellement entre ses cuisses.

Depuis ma rencontre avec Luc, plus jamais de désirs ou de fantasmes envers les femmes. Était-ce possible que ce chapitre se referme ainsi ? Quand je pensais à Sarah, j'y voyais de beaux souvenirs, des moments de tendresse, une douceur délicate et presque maternelle. Je m'ennuyais de ce « temps », qui me paraissait s'être déroulé dans une autre vie, mais jamais plus je ne songeais à ses seins, à ses cuisses ouvertes ou même à mettre ma bouche « là ».

Ce matin, quarante-huit heures avant son départ, Luc m'annonce qu'il veut visiter Monaco. Nous préparons un sac à dos et nous nous rendons à la gare de Nice. Le soleil est radieux comme d'habitude et, même si le jour de l'An est passé, tous les commerces sont encore fermés en France. Le train est vide et nous en profitons pour monter à l'étage et nous installer face à face près des fenêtres. J'aurais envie de lui demander s'il apprécie son voyage, mais tout ce qui sort de ma bouche est lourd : « Tu m'aimes-tu ? »

Un court silence s'installe, car Luc est surpris de la question. En fait, il m'a dit des centaines de fois qu'il m'aimait, c'est plutôt moi qui ne répondais jamais à ses appels. Voilà maintenant que je deviens l'être qui m'a toujours répugné ; celui qui a besoin d'entendre des mots pour se rassurer. Je me rappelle quand Sarah ou Sébastien me demandaient la même chose, je ressentais toujours un étrange malaise en répondant que c'était évident. Sinon, à quoi bon les fréquenter ?

Je ne comprenais rien à l'amour.

— Oui, je t'aime. Et, si je ne t'aimais pas, je ne serais pas dans ce train, mais bien dans ma chambre minable sur Sherbrooke à Montréal... Je sais que c'est encore loin, car tu ne reviens qu'en juillet, mais... est-ce que tu voudrais...

Il tourne autour du pot, comme un gamin qui n'ose pas demander une permission à sa mère. Je n'ai aucune idée de ce qu'il va me sortir, mais mon cœur s'emballe déjà.

— Vas-y ! Accouche, Luc !

Il hésite encore un peu, se tourne vers la fenêtre pour observer la Méditerranée qui défile tranquillement. Elle semble suivre le train, alors que c'est le train qui la suit.

— On serait peut-être dus pour vivre ensemble ? À ton retour, je veux dire.

Je ne m'attendais pas à ça. Il le voit bien sur mon visage. Et je sens la déception apparaître dans le sien.

— Tu sais que je ne suis pas quelqu'un de facile à vivre.

Cacher ma surprise en parlant de mes défauts, en expliquant mon besoin d'être seul pour faire mes travaux d'université et mes lectures.

— J'ai mes petites routines chiantes aussi. Tu crois qu'on sera capables de se supporter ?

Bonne question. Je sais que je suis le type de personne qui hurle si une assiette traîne dans le salon ou si le volume de la musique empêche sa concentration. En réalité, j'ai peut-être peur de son contrôle. Avec Sarah et Sébastien, la cohabitation était facile, pour la simple et bonne raison que j'avais cette impression, mauvaise peut-être, de dominer le trio. On agissait d'abord selon mes envies et il était rare que mes idées soient refusées. Avec Luc, les rôles sont tout autres. C'est souvent moi qui écoute, qui obéis et qui tente de comprendre ses refus en me les expliquant d'une façon rationnelle. Je me dis qu'il y aura toujours une raison logique et honnête pour justifier son insatisfaction.

— Je suis certain qu'on pourrait trouver un terrain d'entente. Mais si tu ne veux pas, je veux pas te forcer... je pensais seulement qu'on était assez bien ensemble pour se rendre à cette étape-là...

— Non, non! C'est pas que je veux pas! Je suis juste étonné, parce que je m'attendais pas à ça. Ça fait quatre mois qu'on s'est pas vus... mais tu as raison, les jours qui viennent de défiler ont été fantastiques et, si tu pouvais, je te dirais de rester ici avec moi!

L'éclat du soleil se reflète dans ses yeux bleus rieurs qui me dévorent avec une drôle de ténacité.

— Approche un peu.

Je penche la tête au-dessus de la table qui sépare nos sièges. Il vient rejoindre ma bouche avec ses lèvres et en force l'entrée avec sa langue. Mon cœur bondit et j'ai l'impression de fondre. Luc s'éloigne un peu, puis jette un coup d'œil autour de lui. Nous sommes toujours seuls dans le train.

— Allez, viens aux pieds.

Je reste figé, mais dès que je prononce un mot, un claquement de doigts retentit. La résistance est vaine. Ma propre érection contredit ma gêne. La main de Luc détache le bouton de son jeans. J'hésite un peu pour la forme, par orgueil, mais la simple vue de son sexe me fait flancher les genoux au sol. Il a gagné. À quatre pattes sur le tapis sale, je souris malgré tout.

2007

I heard the truth was built to bend
A mechanism to suspend the guilt
Is what you are requiring still
You've got to dance little liar

And the clean coming will hurt
And you can never get it spotless
When there's dirt beneath the dirt
The liar take a lot less time

Dance Little Liar – Arctic Monkeys

Salut Babe !

J'ai lu la moitié de ta nouvelle, hier. Je ne me prononce pas tout de suite. Je suis rendu à l'endroit où Philippe est foutu à la porte de sa résidence, il va passer la nuit chez la fille. Il me semble que tu m'en avais parlé un peu : le mec couche chez la fille, son chum débarque et la merde pogne à fond, il finit par se faire emprisonner pour meurtre, etc. Je ne sais pas si je me trompe, on était sur la E quand tu me l'as raconté. Je t'en reparle !

J'ai téléphoné à mon père pour lui demander des conseils sur les « deals » d'impression de photos. Je vais probablement faire imprimer les photos numériques de notre voyage. Je vais t'en envoyer aussi.

P.S : Devine qui va chez ses parents pour enregistrer une vidéo xxx en fin de semaine ? Juste pour toi, mon bébé ! J'ai tellement hâte de te revoir en juillet, de pouvoir réellement te coller ma bite au cul ! Je m'ennuie déjà, même si on s'est vus il y a une semaine.

Je t'aime xxxx

Salut Gab,

Je suis enfin prêt pour mon examen de vendredi !

T'es ben drôle de m'envoyer des photos de moi à poil ? Je sais de quoi j'ai l'air sous le slip qui me garde les couilles bien au chaud !

Je suis allé voir la vidéo que tu m'avais proposée pour me donner des idées. C'est hot ! Tu vois comme le garçon est bien soumis aux pieds du monsieur ? J'aimerais que tu prennes des notes. Tu sais à quel point j'aime être bien servi.

C'est super pour le lit ! Tu remercieras tes parents de ma part ! Il ne nous reste que la laveuse et la sécheuse à acheter et on est en affaires ! Bon, c'est certain qu'il y a d'autres trucs à payer aussi, mais le plus gros est là !

J'ai commencé à faire des recherches. Eh oui, les loyers du mois d'avril sont déjà affichés dans les petites annonces. J'en ai même vu passer pour juin. Le mois d'août arrive dans pas long. Tu ne changes pas d'idée, j'espère ? J'ai tellement hâte de me réveiller à tes côtés. Je regarde tranquillement les prix, les quartiers, comme ça, juste pour commencer à magasiner.

Je viens de sauter dans le rhum, même si je dois me préparer pour deux examens demain. Maudit que la vie est plate sans toi !

31 janvier 2006

Hello chéri !

Te souviens-tu de Marie ? La femme chez qui je loue ma chambre ? Finalement, elle est vraiment très granola et spirituelle. On a beaucoup jasé de toi, hier. On parlait des relations à distance, des voyages, d'énergie et de complicité entre deux personnes. Du vrai blabla de matante, mais ça m'a fait du bien. Elle est sortie deux ans à distance avec son mari avant qu'il vienne la rejoindre à Montréal. Ça m'a donné un bel exemple, tu vois, ça peut marcher entre nous aussi !

J'ai soupé avec Nicolas, ce soir. C'est le mec que je fréquen-
tais avant de te rencontrer. C'était pas sérieux, juste sexuel. Je
pense qu'il avait besoin d'entendre de ma propre bouche que c'était
fini entre nous. Il aurait pourtant dû s'en douter, je ne lui avais
pas donné de nouvelles depuis plus d'un an. Il était au bord des
larmes. Je ne comprends pas pourquoi je cause autant de peine
autour de moi. Je sais que je t'en ai déjà fait aussi. Et puis, au
travail, les gens me trouvent bête. Ça doit être parce que tu me
manques et que t'es loin. Mais parfois je me demande si on a
de trop grandes attentes à mon égard ? On me prend peut-être
trop pour le bon gars, celui qui est infaillible, sur qui on peut
compter. C'est moi, ou je me fais des idées ?

Il pleut ce matin à Montréal. Du verglas partout. Les trot-
toirs sont de vraies patinoires. C'est fucking dangereux ! On n'a
pas encore d'hiver ; la semaine passée, il faisait au-dessus de zéro
et la neige fondait. C'est fou !

Bon, je suis levé depuis quatre heures, ce matin ! Je vais
retourner me coucher et essayer de rêver à toi !

Luc xxxx

2 février 2006

Hello babe,

juste pour te dire que ce soir, je me tape des dessins animés
à Télétoon. Il ne manque que toi et un joint ! Ça fait un bail
que je n'ai rien fait devant les comiques à la télé. Je pense que
la dernière fois, c'était avec toi, mon amour !

Dis-moi, chéri, mes parents veulent des trucs, est-ce que ça te
dérange ? Si tu repasses à Marseille, ils veulent des savons beiges
ou rosés pour la décoration de leur salle de bain. Je ne sais pas
si tu te rappelles l'endroit où on les avait achetés ? C'était près
du port. Ma mère voudrait aussi d'autres herbes de Provence (je
sais, j'aurais dû t'écouter et en acheter plus comme tu me l'avais
conseillé). Vas-tu repasser par Nîmes ? J'aimerais ça avoir d'autres
bonbons comme on avait mangé au marché public.

Tu me manques... et personne ne peut combler ce vide-là. Je voyais des couples gais s'embrasser hier et ça me faisait un mal du tonnerre. Pourquoi ils sont heureux quand moi je n'en peux plus ? J'avais l'impression de retourner au secondaire, où je jalousais les couples hétéros qui semblaient vivre la « chose » avant moi.

Je t'aime fort.

8 février 2006

Oh my god ! Je suis fucking saoul !

T'inquiète pas, je vais te faire une vidéo porno demain, comme le petit chum parfait que je suis. Ça m'excite de t'imaginer te branler en me regardant. Mais j'ai hâte de sentir la chaleur de ta peau contre la mienne...

J'ai volé une grosse pancarte de No Parking pour toi. Je suis certain que ça va flasher dans notre appartement. Et je ne sais pas si je te l'avais dit, mais I FUCKING LOVE YOU !!!!!!

10 février 2006

Gab,

j'ai supprimé mon compte sur Gay411. Même si je ne l'utilisais pas. J'ai compris que ça t'énervait. Je ne veux pas que tu t'inquiètes pour ça. Tout ce qui m'importe est ton amour. J'ai beau te dire sans arrêt que je t'aime, il n'y a que les gestes qui comptent. J'ai compris ça, ce soir. Je veux que tout baigne entre nous, plus aucune interférence. Cinq mois à attendre encore. Je voudrais tellement avancer le temps.

Prends soin de toi, mon amour !

12 février 2006

Chéri,

j'ai recommencé à m'entraîner ! Tu veux vraiment que j'aie un Six Pack à ton arrivée ? Laisse faire... je connais déjà la réponse ! Ça me surprend quand même un peu venant de quelqu'un d'aussi intelligent que toi. C'est quoi ce désir superficiel ? (C'est pas un reproche, là ! Mais je veux juste dire que ça ne fera pas de moi une meilleure personne ou un meilleur baiseur, car ça, je le suis déjà ! Donc, à quoi ça va me servir ?)

Ma mère m'a appelé aujourd'hui pour me parler de quelques trucs. Elle va faire réparer la télévision qu'elle avait entreposée dans le sous-sol. Mes parents vont aussi magasiner du stock de cuisine et mon grand-père m'a donné de l'argent pour acheter une laveuse et une sécheuse chez Sears ! Je ne m'attendais pas à tout ça ! C'est vraiment cool !

14 février 2006

BABY BABY BABY !

C'est tellement le fun de savoir que je vais être capable de faire tout ce que je veux avec toi ! C'est bon, je vais me les faire ces abdos d'acier, mais tu es mieux de revenir vite, parce que je ne continuerai pas à m'entraîner pour l'éternité !

Ah oui ? Ton ami me trouve cute ? Comment tu te sens d'avoir un chum aussi hot ? Tu dois être fier, j'imagine, mais surtout, tu dois te rentrer dans la tête que tu devras faire les pires bassesses pour moi :)

C'est la Saint-Valentin et tu es encore loin. Je n'ai rien à faire, ce soir. Je vais probablement jalouser Marie et son homme qui vont partager un souper aux chandelles dans l'appartement.

Parlant d'appartement, tu préfères un trois et demie ou un quatre et demie ? Moi je préfère le quatre et demie, disons : une cuisine avec une salle à manger, un salon, une chambre des maîtres (du maître et de son dominé dans notre cas) et une salle de travail (pour mettre mon futon où on pourrait recevoir des invités à coucher) !

Bonne Saint-Valentin mon amour. Je vais penser à toi toute la journée demain xxxx

P.S. : Alors ? Elle était comment, ma vidéo ?

Gaby !

Je savais que ma vidéo allait te plaire ! Tu es tellement l'homme soumis dont je rêvais ! J'ai hâte de te voir travailler sur mon corps. Pour l'instant, tu ne fais que du blabla... ça me donne pas trop envie de prendre le risque d'être déçu :) N'oublie pas, tu as des preuves à faire !

Pour l'appartement, c'est certain qu'on va les visiter ensemble ! C'est bien plus agréable. À moins que je trouve quelque chose de vraiment trop bien avant ton retour. Dans ce cas, je prendrai des photos pour avoir ton approbation. Profites-en, à l'avenir je ne te demanderai plus jamais ton accord pour te faire subir les pires sévices hihihi. Combien tu veux mettre par mois pour le loyer ? Juste pour me donner une idée. Je me sens un peu poche pour la Saint-Valentin. J'ai reçu ta carte, mais moi je n'avais rien envoyé. J'ai essayé de trouver quelque chose d'original, mais c'est pas évident quand on doit l'envoyer par la poste. Si tu avais été ici, j'y aurais été ainsi : tu arrives à l'appartement, je te verse une coupe de champagne, je t'invite à passer à la salle de bain où un bain chaud t'attend. Pendant que tu relaxes, je passe à la cuisine pour te faire à manger. Disons ; coq au porc avec sauce à l'aneth accompagné d'une salade verte (avec la vinaigrette à l'érable de ma mère, c'est débile comme elle est bonne, je pourrais la manger à la cuillère !) et d'une purée de chou-fleur légèrement assaisonnée de muscade et de crème. Comme vin, un chablis. Pour le dessert, une charlotte au moka et aux marrons et une petite coupe de porto blanc.

Après le souper, je te fais passer à la chambre. Je mets un bon beat et j'allume des chandelles. Je t'embrasse à fond pour t'exciter et je te masse la bite à travers ton jeans pour te rendre bien dur. J'enlève ton t-shirt pour te faire un bon massage avec de l'huile parfumée. De temps en temps, je te donne des bisous dans le cou et je te souffle des mots salaces aux oreilles. Maintenant, c'est à ton tour de t'amuser avec mon corps. Je te donne la permission de le caresser, de le toucher partout.

Je te présente ma bite bien bandée (comme à l'instant d'ailleurs) et je t'oblige à lécher mes couilles, avant de remonter par petits coups de langue le long de ma verge. Tu l'engouffres ensuite d'une seule bouchée. Je vais m'accoter sur tes amygdales et, à grands coups de bassin, je me défoule sur cette gueule que j'aime tant ! Après avoir profité et t'avoir dominé, je me couche sur le dos et te laisse travailler, les bras derrière la tête. Je remercierai le ciel de la chance que j'ai de t'avoir à mes côtés. Merci à toi mon amour, de m'aimer comme tu le fais. Je souhaite que le bonheur qui nous unit dure encore très longtemps.

Je t'embrasse,
Ton Luc préféré xxxxx

6 mars 2006

Salut chéri !

C'est bon, je vais regarder les appartements avec le prix que tu m'as donné. J'espère que tu ne seras pas trop déçu (c'est cher, Montréal) ! Dis-toi que, si on a une laveuse et une sécheuse, il n'y aura pas l'électricité incluse dans le prix. Je vais commencer à t'envoyer des liens d'annonces d'appartements et aussi des liens pour un meuble de télé et un divan.

N'oublie pas que ma fête est au mois de mai, et que j'exige un cadeau original !

Tu sais, on n'a pas vraiment parlé de ce que tu vas faire à ton retour à Montréal. Tes projets de carrière ressemblent à quoi ? Je sais que tu veux publier un livre et devenir « famous », mais sinon ? Comment vas-tu payer pour ta partie de l'appart ?

14 mars 2006

Bébé,

J'ai appris que mes meilleurs amis, Jason et Karine, s'étaient séparés. Ils ne sont plus ensemble depuis mercredi dernier. Ça me fait quelque chose de savoir qu'ils ne sont plus en couple. Ils ont toujours été là pour moi. Karine m'a demandé un peu de soutien, mais aucune nouvelle de Jason. Criss d'hétéro pas capable de dire quand ça ne va pas ! Je ne veux pas le provoquer, juste l'aider, mais je ne sais pas comment. Ça m'a fait réfléchir à nous. Je ne veux tellement pas te perdre, babe. On est si près du but. Tu reviens exactement dans quatre mois. Le 14 juillet, c'est ça ?

22 mars 2006

Gab,

Regarde la photo que je viens de t'envoyer ! Tu ne comprends pas ! Un chat, c'est l'accomplissement, c'est l'apogée de la relation ! Et un abyssin, c'est la loyauté, la fraternité, l'amitié, l'amour inconditionnel ! On ne peut pas dire non à ce genre de petite bête ! Trouve au fond de ton cœur la force de comprendre la passion qui brûle en moi ! Je veux un chaton à la maison ! Je veux réaliser mes rêves les plus fous avec toi ! Je sais que tu es capable de trouver du positif à notre prochain achat, même si tu n'as jamais aimé les chats ! Dis-oui babyyyyyyyyyyyyyy !!!

Pour les apparts, je vise les quartiers de Rosemont, Petite-Patrie, Petite-Italie et Villeray. Un quatre et demie tourne autour de 700 $. Rien d'inclus, bien sûr. Ça va être tout un choc pour toi à ton retour ; l'appart, un emploi et surtout te soumettre à moi ! Ouf ! J'espère que tu es prêt :) Mais dis-toi qu'on sera deux là-dedans, et que je serai toujours là pour te soutenir... ou te punir (si tu ne me vides pas assez souvent) !

30 mars 2006

Babe, babe, babe !

Je viens de me taper deux heures au soleil sur la terrasse de Marie. Je n'avais que mon petit g-string pour me protéger. Ça m'a permis de réfléchir aux tâches que je pourrais te confier, comme me huiler le dos, me préparer des drinks, me lécher une couille que je laisserais dépasser de mon slip.

C'est fou, on est en mars, et il fait vingt degrés dehors ! J'aime ça le réchauffement climatique, moi. Regarde, je t'ai envoyé une photo de mon corps. J'ai attrapé un coup de soleil assez intense pour ce temps-ci de l'année ! Ce soir, je sors et je vais boire ! Je vais sûrement te réécrire tantôt ! xxxx

12 avril 2006

Salut chéri,

Je viens de me réveiller et j'ai fait un rêve érotique. Quand j'ai regardé sous la couette, je n'y croyais pas ! Un wet dream, à mon âge ! C'était tout collant ! Non, je n'ai pas rêvé à toi. Je ne sais pas qui était le mec, mais il était en très bonne forme ! On aurait dit un jeune étudiant un peu perdu, qui ne demandait qu'à se faire contrôler. Dans mon rêve, alors que je me branle, je le vois sortir de la salle de bain, une serviette à la taille. En plein mon style. Je lui dis : « Hey buddy ! J'ai une jolie surprise pour toi. Viens, approche ! » Et il s'amène et s'assoit sur le bord de mon lit. Avec un grand sourire, il attend mes ordres. Il se mord même la lèvre, presque fébrile. Je lui dis : « Regarde le gâchis que j'ai fait. J'espère que t'aimes le sperme ! » Je lui pointe mes abdos et il comprend où je veux en venir. Je lui dis de nettoyer. L'ordre l'excite. Il tend la langue vers mon ventre et, au premier contact, il soupire de plaisir. Il aime le travail que je lui donne et il s'applique de manière divine. J'ai l'impression qu'il pourrait devenir mon jouet, le paillasson sur lequel je m'essuie avant de rentrer à la maison ! Il n'a aucune autre fonction. Il ne sait que sucer et avaler. C'est comme ça que je les aime. D'une main ferme, je reprends ma bite et lui tape le visage pour le féliciter.

J'ai hâte que ce soit réel, que ce soit toi qui te mettes à genoux. J'en peux plus de me retenir de décharger dans une gueule chaude. Reviens donc plus vite !

Hummm, babe !

L'année passée, à la mi-avril, tes parents décollaient pour un voyage de deux semaines au Mexique. Je me rappelle que tu m'avais invité à passer quelques jours à leur maison. Un soir, on a partagé une boîte de chocolats fins. Je te l'avais achetée comme cadeau pour fêter nos trois mois. On était gelés comme des balles en la mangeant, tu t'en souviens ? Je ne voulais pas goûter au chocolat au fromage bleu, mais tu m'avais forcé à le faire. J'espère que c'était la dernière fois que tu me forçais à faire quelque chose. Tu sais bien que c'est mon rôle !

Je suis chez mes parents. Ta présence me manque beaucoup. Ton cul aussi ! Demain, toute la famille part en voyage de pêche. Je vais pouvoir te faire une vidéo avec plein d'insultes et d'ordres pour t'exciter !

J'ai vu un trois et demie à un coin de rue de chez Marie tantôt. Il est à 650 $. C'est dans nos prix. Il faudrait qu'on commence à réfléchir aux agencements de couleurs. On a 5 000 teintes à regarder, donc j'espère que tu seras prêt ! Tu peux aussi aller sur des sites Internet pour voir les couleurs qui te plaisent, je te donnerai des liens bientôt. Je vais commander le divan fin juin si on veut l'avoir en août.

J'ai appris que tes parents partaient deux semaines en Italie quelques jours après ton retour. C'est bien, on va pouvoir profiter de leur maison pour baiser partout et laisser notre trace :)

Babe,

T'as pensé que ça va presque faire un an qu'on communique par courriel ? C'est bientôt fini ! Dans quelques semaines, on va se parler de vive voix !

J'ai trouvé l'appartement. Dans tes prix : 630 $. Un beau grand quatre et demie. Je t'envoie les photos dans quelques heures. Si tu me donnes ton accord, je vais signer un bail. Tu es

prêt à m'endurer, mon amour ? Moi, je veux qu'on vive ensemble
jusqu'à notre mort ! Je t'aime et j'ai hâte de savoir ce que tu me
prépares pour ma fête !

13 mai 2006

Chéri,

    Je suis fier de toi. Je sais que tu ne voulais sûrement pas que
je reçoive ton cadeau avant ma fête, mais étonnamment, j'ai déjà
reçu ton colis. Je n'ai pas pu m'empêcher de l'ouvrir. Impossible
d'attendre encore cinq jours !

    Tu t'es surpassé. Je suis si fier de sortir avec un homme comme
toi. Tu es un chum parfait ! Je t'aime tellement !

    Pour te remercier, j'ai eu une idée de génie aujourd'hui. Pour
notre première baise de retrouvailles. C'est vraiment pervers et
c'est quelque chose qu'on n'a pas encore eu la chance d'essayer.
Je te fais peur là, hein ? Je ne te dévoile rien ! Tout ce que je
peux te dire, c'est que tu vas en avoir pour ton argent ! Je vais
t'en demander encore et encore et encore !

« Voulez-vous supprimer ces messages définitivement ? »

    La question de ma boîte courriel m'impose une deuxième réflexion. Seul devant cet ordinateur, la veille du jour de l'An, j'ai soudainement une hésitation. J'ai du mal à appuyer sur « OK », à donner mon accord pour effacer une année de romance à distance. Je n'arrive pas à croire qu'après tous nos efforts, nous en sommes déjà rendus là. À peine cinq mois de cohabitation, et Luc en a déjà assez.

    Je ne comprends pas encore tout à fait ce qui se passe. Tout cet amour qu'il me communiquait par courriel, tout ce désir qui ne demandait qu'à être consommé. Aujourd'hui, c'est à peine s'il me regarde. Trop occupé par quelqu'un d'autre. Nouveau physique, nouvelle bouche, nouvelle queue et sûrement autant de soumission...

Il aurait fallu lui tenir tête, refuser de réaliser tous ses fantasmes torturés. J'ai envie de vomir devant tant d'incompréhension. Quand Léo se faufile entre mes jambes pour aller se coucher sur le divan, je ne peux que m'approcher de lui et le flatter pour qu'il me réconforte de son ronronnement. Je n'arrive pas à croire que tous nos projets aient déjà disparu en fumée. En un clin d'œil, comme ça, ne plus être le centre de l'univers pour l'autre, ne plus lui donner de satisfaction, ne même pas trop savoir pourquoi.

Je voudrais continuer à lire ses courriels pour trouver une trace de nos échecs, mais le voilà qui tourne la clé dans la porte d'entrée. Je suis déjà sur pied, prêt à le pourchasser dans toutes les pièces de l'appartement. Et, dès qu'il me voit dans le couloir, je peux sentir son agacement. Il habite ici... mais n'y vit pas.

Courir après chaque petite minute qu'il ose m'accorder. Courir après son sexe que je veux encore goûter.

— Décroche ! Décroche, Gab !

Il soutient mon regard avec cette espèce de pitié dans les yeux, une pitié qui n'en est plus une, une pitié qui se transforme en mépris. Il n'en a plus rien à foutre. En fait, ça ne le touche plus. Déjà ailleurs. Dans d'autres bras, près d'un autre qu'il ne suce probablement pas. En tant que « top », il ne fait pas ça. Son rôle, il l'a bien défini au fil de notre intimité ; je lui appartiens, mais je dois vivre mon plaisir à travers le sien. C'est la règle qui s'offre aux bons soumis, à ces larves que l'on peut dominer en un claquement de doigts et qui en redemandent en souriant.

Je ne réponds pas à son irritation. Il semble le dire pour pouvoir se convaincre lui-même, mais si c'est réellement le cas, pourquoi vit-il encore ici aujourd'hui ? Je l'observe préparer un sac de voyage. Il amène ses sous-vêtements préférés, ceux qui m'excitent le plus, ceux qu'il fait descendre langoureusement quand il veut se faire pomper. L'homme que j'ai fréquenté n'existe plus. Son corps est possédé par un Autre que je ne connais pas. Et je crois qu'il adore ce fait. Il aime que je ne sache plus qui il est.

Dehors, le temps sombre ne concorde pas avec le thermomètre au-dessus du point de congélation. On s'attend à de la pluie pour cette veille du jour de l'An. Une pluie fine, une pluie qui ne pourra pas effacer l'évidence : mon homme s'en va fêter et dormir dans les bras d'un autre. Mon homme n'est plus mon homme. La vie au quotidien aura eu raison de nous.

Je reste sur le pas de la salle de bain et il me frôle à peine quand il me croise. J'aurais envie de le saisir, de le brusquer et de lui demander pourquoi ça n'a pas marché. J'attends cette réponse depuis ce matin de novembre, où il est venu me rejoindre dans le lit conjugal. Nous étions sortis chacun de notre côté la veille. Quand j'ai voulu le prendre dans mes bras au réveil, je l'ai tout de suite senti se raidir. Une réaction qui ne ment pas, la preuve de sa culpabilité avant même qu'il ait ouvert la bouche.

Il venait de vivre une aventure. Avec un nouveau garçon. Un homme quelconque, un intrus qui venait de s'immiscer dans l'histoire la plus importante de ma jeune vie. J'aurais pu passer l'éponge, tenter de comprendre que le désir masculin est une énigme en soi. Mais je n'ai pas eu l'occasion de me battre. Il a résumé sa pensée en quelques mots : « Ça ne m'a rien fait de me laisser sucer par lui. Rien du tout. Pas de sentiments honteux. Rien. Ça veut dire quelque chose... ça veut dire que... je ne t'aime plus. »

Pourquoi ce matin plutôt qu'un autre ? Pourquoi maintenant ? Nous venions de passer des mois formidables. À décorer notre nouvel appartement, rue St-Denis, près du marché Jean-Talon, à inviter les amis à souper, à baiser dans chaque recoin pour baptiser notre nid... Il était heureux de me retrouver après mon exil en Europe. J'étais tout aussi optimiste.

Maintenant, quand je le regarde et essaie de me rappeler nos meilleurs moments, un film vaporeux se superpose aux événements que je pense avoir vécus. Tout a commencé tranquillement, même avant mon voyage à Nice ; un ou deux joints en soirée pour nous relaxer du travail ou des études. Des trucs de gamins. Inoffensifs. Et, en même temps, le désir de fumer de la marijuana pour mieux apprécier la sexualité. Une entente parfaite ; il revenait du boulot vers dix-huit heures, j'étais déjà à l'appartement, et lorsqu'il posait un pied sur le tapis de l'entrée, mon devoir était clair. J'avais déjà roulé le joint, il me suffisait de courir vers la cuisine pour aller chercher sa bière. Quand je revenais au salon, il avait déjà allumé la drogue, me tendait l'autre main pour recevoir sa bouteille. Je me plaçais alors entre ses jambes, pour mieux dézipper la fourche de son jeans. Tout de suite, la chaleur moite de son pubis m'attirait sous son boxer blanc et je plongeais le visage vers lui, prêt à humer toutes ses odeurs de garçon. Envoûté, je descendais son sous-vêtement pour retrouver un sexe dur qu'il s'amusait à me claquer sur la bouche. Il fumait. Je fumais. Il relaxait. Je suçais. Je pouvais rester à ses pieds une bonne heure. Il regardait la télévision. Parfois, il posait une main dans mes cheveux pour imposer son rythme, et à la fin de son émission, il éjaculait sur mes joues en signe de récompense. Une récompense que j'acceptais avec bonheur, vivant presque pour tout cela, ne respirant qu'à moitié pour le combler avec passion.

Quand l'annonce de notre séparation est sortie de sa bouche, je n'ai pas réussi à séparer les joints du sexe. Et, comme Luc fumait chaque soir en revenant du travail, il n'était pas question que notre routine s'arrête. Il aurait bien pu faire ses valises et quitter l'appartement, me laissant avec le loyer d'un quatre et demie sur les épaules, mais non. Sur parole, il promettait de respecter ses engagements jusqu'à la toute fin, soit de rester vivre avec moi jusqu'en juillet. Je le voyais comme une petite victoire, comme un compte à rebours aussi. Je me disais : « Il est encore ici. Il se fait sucer même s'il fréquente un autre garçon que je ne veux absolument pas voir. Il y a une chance. Une mince chance, peut-être, mais elle est là. » Je me croyais capable d'entretenir ce nouveau mode de vie. Mais après deux petites semaines, j'ai vite compris que la souffrance était immense à comparer aux quelques minutes de plaisir qu'il m'accordait. C'est comme s'il désirait garder un pied-à-terre, au cas où sa nouvelle relation ne fonctionnerait pas, au cas où il changerait d'avis. Non... c'est surtout pour m'emprisonner. Faire de moi son esclave. Un esclave libre de partir, mais toujours là à l'attendre et à le servir.

Thomas et Dana me trouvent fou, mais c'est ma mère qui s'inquiète le plus. Si elle le pouvait, elle viendrait elle-même placer les vêtements de mon ex dans un sac de poubelle pour tout lancer par une fenêtre. Une mère qui voit son fils s'enfoncer veut toujours le sauver de cet abysse. Elle se retient. Elle se retient parce qu'elle veut que je me tourne vers elle quand Luc me quittera définitivement. Et, quand elle me dit que je suis imbécile de rester avec lui, je lui réplique que c'est l'amour qui exige autant de folies.

Alors que Luc prend son antisudorifique dans la pharmacie, je m'approche pour tenter de le serrer dans mes bras. Il me repousse, me répète de décrocher. Il ne veut plus que je le touche... j'ai seulement le droit de caresser son sexe avec ma langue. Quand il le décide. Où il le décide. Parfois, je me dis que j'aurais préféré qu'il meure. Un gros accident de voiture ou un petit accident de vélo qui lui coûterait la vie. La fatalité de le voir disparaître me plaît beaucoup plus que de le savoir sous les couvertures dans le lit d'un autre.

— Je veux seulement toucher ton pénis.

— Ouais, c'est ça...

— Allez! Dis oui!

Il secoue la tête. Il n'en est pas question. Pas aujourd'hui. Il se garde pour le grand décompte. Il s'en va dans un chalet. Avec son nouvel homme. Avec les amis de son nouvel homme. Des gens que je ne connais pas. Des gens que je ne veux pas connaître. Je ravale la boule dans ma gorge, puis je m'éloigne. Il s'asperge de parfum, mon parfum préféré. Il le sait. Il le fait intentionnellement. C'est comme s'il voulait me garder en otage, mais se sentir libre dès qu'il franchit le pas de la porte.

Il paraît que la vie quotidienne à mes côtés est un enfer. Mais cet enfer, c'est lui qui l'a créé. Il me considère comme un objet utile. Je dois faire l'épicerie, effectuer les tâches ménagères, m'occuper de son plaisir sexuel... Même en liaison avec un autre homme, Luc n'est jamais satisfait. Il a besoin de chair quand il le commande, et ça tombe bien, parce que son nouveau copain habite à l'extérieur de Montréal. Il a bien une voiture pour venir le chercher à la porte, mais mon amour reste quand même dormir trois ou quatre nuits à l'appartement. Pour le travail. Et pour moi, j'en suis convaincu. Pourquoi ne profiterait-il pas de mon désir aveugle? Si son sexe peut se vider, c'est tout ce qui importe.

Il sort de la salle de bain avec son sac de voyage et je le suis vers l'entrée, comme un bon toutou qui ne peut vivre sans son maître.

— Bon.

J'aurais envie de lui dire de tout laisser tomber. De rester ici avec moi. Je pourrais même oublier la fête du jour de l'An, oublier mes amis, oublier tout ce qui m'importe, simplement pour son plaisir, pour le faire jouir encore une fois, pour qu'il reste quelques moments dans mes bras, planté en moi, sa bouche collée à la mienne. Mais je n'existe plus. Je suis un tableau qui fait partie du décor. Il me garde dans un coin, au cas où.

Avant de partir, il me prend la main. Rien à voir avec un geste affectif. Il me tend plutôt un cachet.

— Prends ça. Ça te fera planer pendant le jour de l'An.

Il passe la porte, me souhaite une joyeuse année du bout des lèvres. Je lui tourne le dos. C'est pour mieux m'approcher de la fenêtre de mon bureau. Je l'observe descendre les escaliers, traverser la rue et rejoindre une voiture beige garée juste devant. Je plisse les yeux, me brise le cœur davantage. Même si je ne peux distinguer les traits de son homme, je le vois se pencher vers lui, lui donner un baiser sec qui me semble insignifiant. Est-ce qu'il comprend réellement tout ce qu'il perd avec moi ?

Quand la voiture s'éloigne de l'appartement, j'ouvre la paume pour retrouver la pilule qu'il m'a offerte. Un comprimé blanc qu'il a volé à son travail. Une habitude. Une routine que je connaissais déjà. Il lui arrivait souvent de revenir à l'appartement avec un sac de cachets étranges. Je ne posais pas de questions. J'ouvrais la bouche et j'avalais l'inconnu. Selon le médicament, je devenais engourdi et amorphe, parfois très excité, d'autres fois malade à en vomir.

Voilà le seul cadeau que j'aurai de sa part pour la nouvelle année. Sans réfléchir, je le porte à ma bouche. J'avale. Le jour de l'An ne peut pas être pire que ce qui se déroule sous mes yeux.

Je n'ai pas le temps d'y réfléchir. Thomas cogne déjà à ma porte. Il est venu me chercher en voiture. En voyant mon air, il secoue la tête, frustré.

— Je t'ai dit que tu dois couper les ponts ! Gab, merde ! Fais un homme de toi !

Je n'y arrive pas. J'ai l'impression de me retrouver à seize ans, quand je vénérais le sexe de Jean-François, en me disant que c'était le plus parfait du monde. Je n'arrive pas à décrocher. Je n'arrive plus à retrouver le plaisir de vivre, car j'ai perdu ce qui me semblait le plus important. L'essentiel. J'ai beau pratiquer une certaine forme de sexualité, elle est mécanique, sans geste d'affection, sans réciprocité. Luc me le répète souvent : « Tu fais ton taf. C'est à ça que tu sers. » Je déteste qu'il me serve des répliques de films porno français, mais avec les mois qui passent, ces petits mots font leur chemin. Je me découvre. Je me rends compte que ce « taf » module mon existence. Je me métamorphose selon les désirs de mon ex. Je ne vis que pour ses envies. Je ne suis là que pour ça. Le reste ? Des jours solitaires dans mon lit, à fumer de l'herbe pour passer le temps, dans un appartement trop silencieux. Il y a bien Léo, mais je le considère comme le prolongement de Luc. Léo, c'est notre abyssin. Un chat payé mille dollars. Pour rendre Luc heureux. Pour lui montrer que, malgré mes allergies, je peux faire des sacrifices et être responsable d'un animal. C'était parfait avant de me faire laisser. Maintenant, je sens que Léo est le seul être qui me comprend. Il connaît l'abandon. Il le vit chaque fois que Luc part dormir chez son nouvel amant. Je n'arrive pas à croire que j'ai payé autant pour tenter de préserver un couple. Mais en juillet dernier, la vie s'annonçait si belle qu'une dépense pour un abyssin était en ligne directe avec la création de notre prochaine famille. Aujourd'hui, je me blottis sur Léo en flattant sa fourrure aux poils courts et dorés. C'est un chat égyptien qui a de la classe et du caractère. À l'image de son premier maître. L'analogie est facile ; en plein incendie, je suis convaincu que Luc sauverait Léo avant même de me porter secours.

Pourtant, quand ce chat me lèche le visage et la tête comme si j'étais son fils, il me fait penser au renard ou au tigre qui prend soin de ses petits. Je trouve du réconfort dans ses pattes délicates qui se posent sur mon ventre. Le prolongement de l'union. Celui qui pourrait peut-être nous réunir à nouveau. Je sais que Luc aime ce chat. Mais comme d'habitude, il ne s'en occupe pas. Je change sa litière, le flatte, le lave et lui raconte mon désir de mourir quand Luc part pour un temps indéterminé.

Présentement, Léo crache sa peur sur Thomas, un intrus, un autre homme que Luc ou moi. Je ne savais pas que les abyssins étaient si territoriaux avant d'en avoir un. Ça, c'est le vrai amour. La fidélité.

Mon ami m'observe comme s'il voulait prendre la température d'un fiévreux.

— Souris ! Une nouvelle année arrive ! On va avoir du fun, ce soir !

Ça m'a l'air si facile pour lui. Thomas, le célibataire endurci. L'être sensible qui considère l'amour comme un poison. Un poison qu'il faut éviter si l'on veut éviter la souffrance. J'essaie de lui rendre sa joie de vivre, mais Léo s'excite et continue à miauler avec insistance. Je ne dis pas que je viens d'avaler un cachet anonyme. Personne n'a besoin de savoir.

— Alors ? C'est quoi le plan ?

Il le sait par cœur. Il suffit d'aller chercher Dana sur Beaubien, puis de se rendre à Longueuil pour prendre Juan. La fête a lieu dans une maison privée, sur la rive sud, chez quelqu'un qu'on ne connaît pas.

— Qu'est-ce que j'ai de pas correct, Thom ?

Ça y est. Les effets du comprimé s'amènent. Thomas ne sait pas trop quoi répondre. Il se tourne vers Léo pour le flatter, mais celui-ci se crispe et attaque d'une patte. Heureusement qu'il est dégriffé.

— Allez. Oublie tout. Au pire, oublie tout juste pour ce soir. OK ?

J'acquiesce, déjà dans un autre univers qui m'apaise. Luc aussi doit être calme. Il roule probablement vers son chalet. Ne plus y penser. Ne plus m'en faire avec ça.

Je me change dans ma chambre pendant que Thomas se bat avec mon chat. J'entends les cris et les crachats des deux clans et je souris. Au moins, les amis peuvent en prendre plein la gueule sans rouspéter.

Lorsque je sors, vêtu d'un jeans et d'un polo noir, Thomas est au téléphone. Il enlève sa casquette noire d'une équipe de hockey ou de football que je ne connais pas, puis il se gratte le crâne, l'air sérieux. Il pose sa main sur le combiné et chuchote :

— Charlotte vient de se chicaner avec sa blonde...

Je prends un air affligé, mais je m'en fous.

— Elle va venir seule. Il faut aller la chercher avant d'aller chez Juan.

J'acquiesce. Nous disons au revoir à Léo qui nous lance un regard de défi. Je le flatte un peu avant de l'avertir qu'il est le gardien de la maison : « Si un autre homme met les pieds ici, tu dois l'attaquer et le mordre. » Je sais qu'il ne comprend pas, mais je ferais tout pour qu'il déteste le nouveau copain de Luc.

— T'es prêt ?

Je hoche la tête, prends mon manteau et nous sortons sur le balcon. Déjà 2008 qui se pointe. On aime bien se dire qu'on repart à neuf habituellement. Pourtant, je n'y crois pas une miette.

Lorsque nous arrivons chez Dana, je sors de la voiture pour lui laisser la place à l'avant. Le baiser qu'elle pose sur la joue de Thomas est sans équivoque. Il me rappelle les jours qui ont suivi ma séparation. Pour me changer les idées, Thomas et Dana m'avaient amené à Toronto. Une façon de m'éloigner du quotidien, du silence morbide et de ma solitude. Préméditées ou non, les choses ne se sont pas passées comme je l'espérais. Alors que le voyage en voiture devait se faire entre amis, j'ai tout de suite perçu la tension sexuelle entre eux. Une tension présente depuis des années, toujours pas consommée. Il ne fallait qu'une excuse pour les réunir. J'étais cette excuse. En voulant prendre soin de mon mal, ils venaient de se planifier un rendez-vous galant.

Tout s'est corsé quand nous sommes arrivés à l'hôtel Hilton. Un problème de réservation, une seule chambre disponible, un très grand lit king. J'ai pensé à Sarah et Sébastien. Où étaient-ils à présent ? Ce sont eux qui auraient dû venir me voir. Ce sont eux qui auraient su comment me remonter le moral. Mais il ne fallait pas jeter la pierre trop rapidement. Pourtant, chaque fois que je sortais pour aller fumer une cigarette, dès la porte refermée, je sentais leurs corps se rapprocher. J'imaginais leur passion, et cette peur de se faire prendre qui excite tant...

Sur la pointe des pieds, je revenais, silencieux, découvrant le spectacle d'une Dana échevelée assise sur les genoux de Thomas, sa langue dans sa bouche, les mains baladeuses. Leurs sourires gênés lorsqu'ils m'avaient vu un peu trop tard ; des phrases remplies d'hésitation, me demandant si ma clope était bonne, si je tenais le coup malgré tout. Je réprimais alors la boule dans ma gorge, cherchant l'énergie pour éviter les larmes. Pendant que mon couple devenait poussière, les deux personnes les plus importantes de ma vie s'unissaient. Ils étaient bien là pour moi, mais de les voir s'aguicher me foudroyait d'un sentiment de rejet encore plus puissant. Même les amis avaient mieux à faire. J'aurais pu partir seul vers un bar, rencontrer le premier garçon venu et m'envoyer en l'air dans sa chambre. Le scénario était beau, réalisable et plausible, mais mon ventre se contractait et j'avais envie de vomir dès que je pensais à un autre homme. Il n'y en aurait pas d'autres. Plus jamais. Il n'y avait que Luc. Le sexe avec Luc, la vie avec Luc, l'amour de Luc. Je repartais fumer une autre cigarette, me saoulant de *Reckoner* de Radiohead en boucle dans mon iPod.

C'est ainsi que la pseudo-relation entre Thomas et Dana avait réellement commencé. Un jeu de séduction, des caresses bien senties sans vraiment oser passer à l'acte.

— Alors? Prêt à défoncer l'année?

La question est pour moi, mais l'engourdissement qui parcourt mon corps m'empêche de répondre. Le cachet de Luc est plus fort que tous ceux que j'ai avalés avant. Je n'ai pas envie de parler et ils semblent comprendre mon état. La nouvelle Mazda de Thomas s'arrête devant l'immeuble de Charlotte. Celle-ci attend déjà sur le trottoir. Elle s'installe près de moi, me donne deux baisers et devient silencieuse à son tour. Dana lance alors : « Eh bien ! Ça promet pour ce soir ! »

Charlotte soupire, puis se force à entretenir une conversation. À sens unique. Elle parle de Sunny, qui a préféré choisir sa bande de Latinos pour terminer l'année. Une chicane typique, le choix de suivre l'amour et de s'emmerder, ou celui de le quitter et de faire la fête avec les amis. C'est Sunny qui a fini par trancher, lui disant qu'elle ne voulait pas s'occuper d'elle durant la soirée, surtout si elle était pour faire son air bête. Elles se sont donc séparées pour quelques heures et, évidemment, Charlotte y voit la fin d'une relation. Je voudrais lui dire de se compter chanceuse ; à ce que je sache, il n'y a pas une autre fille dans le portrait.

À Longueuil, Juan vient nous rejoindre sur la banquette arrière, et quelques minutes plus tard, la voiture s'arrête devant une maison inconnue.

Dès notre entrée, je sens que la fête va dérailler. Même si je ne connais pas la moitié des convives, ils ont tous une particularité ; ils sont jeunes, déjà saouls et prêts à tous les défis. Thomas me sert une bière. Je n'ai amené aucun alcool. Ce n'est pas un problème avec toutes les bouteilles alignées dans la cuisine. L'hôtesse, une certaine Katy, d'origine nigérienne ou camerounaise, a pris la décision d'ouvrir du champagne ; chaque fois qu'une nouvelle heure commence, elle réunit tous les invités dans le salon pour déboucher la bouteille et arroser ceux qui se trouvent sur son passage en criant «Bonne année!» Je comprends vite que la seule chose à faire est de boire. Boire jusqu'à l'inconscience. Ou jusqu'à ce qu'il se passe un évènement cocasse ou catastrophique.

— J'ai appris pour toi et Luc...

Juan prend un air sombre. Je sais que je dois dire quelque chose, cesser de trouver des réponses préfabriquées.

— Rien n'est indestructible...

— Oui... Tu vas faire quoi pour l'appartement ?

Je hausse les épaules. Je ne sais pas si Luc tiendra le coup jusqu'en juillet. Chaque fois qu'il revient, il remarque l'illumination sur mon visage. Mais s'il se refuse à moi, il doit vivre avec ma frustration... et je ne suis pas encore assez soumis pour taire mon irritation.

— Je sais pas. Il est sur le bail. Il m'a dit qu'il respecterait ses engagements.

— Ah ben, c'est cool, alors !

— Ouais. C'est super cool...

Je m'éloigne de lui pour me diriger vers les toilettes. Lorsque j'ouvre la porte, je surprends deux garçons encore habillés dans la douche. Ils hurlent, les vêtements trempés, mais ils n'arrêtent pas la pression de l'eau. On dirait un défi banal entre adolescents. Je reste dans le chambranle de la porte à les observer. Ils ne remarquent pas ma présence, trop occupés à affronter l'interdit. Ils se serrent l'un contre l'autre, tentent d'enlever leurs chemises Jack & Jones en riant. Je fixe leurs corps nus, imberbes, tout juste présents dans la vie adulte. Je les admire. Ils me rappellent la folie qui s'emparait de moi lorsque je voyais Sarah et Sébastien. Tout était possible, rien ne nous arrêtait. Je les laisse à leur innocence pour retourner dans la cuisine. J'observe Katy, qui fait sauter le bouchon d'une xième bouteille de champagne. Ses cheveux noirs et bouclés retombent sur ses yeux noisette et vitreux. Il ne reste que quelques secondes avant le grand décompte. Elle réunit les gens au salon et même les deux garçons trempés viennent la rejoindre, dégouttant sur le plancher. Très vite, les gens crient «Dix... neuf... huit...» Je me tourne vers Thomas, le surprend à glisser sa main sur les fesses de Dana. Tout le monde semble déjà saoul, sauf moi. Je prends mon courage à deux mains, me dirige vers l'hôte et lui enlève la bouteille, d'une manière un peu sauvage, juste avant que le compte à rebours achève. Elle ne rouspète pas et me laisse la place. Quand j'entends le chiffre «un», je brasse le champagne avec violence et fais céder le bouchon. Une pluie se déverse sur les convives qui en redemandent. Ils ouvrent la bouche pour attraper les jets d'alcool. On dirait une orgie de mineurs dans un film porno. Lorsque les élans du champagne se calment, j'avale ce qui en reste. Les gens tapent des mains pour soutenir ma longue gorgée. Je coupe ma respiration et déglutis autant de rasades que mon corps peut le supporter. Rien de mieux à faire. Je finis par laisser échapper un rot qui fait froncer les sourcils de Dana, mais amuse les autres.

Je vais retrouver Charlotte, seule dans un coin du salon. Je la prends dans mes bras, me surprends à lui dire que tout va s'arranger avec sa copine. C'est comme si je substituais son histoire à la mienne. Avec l'espoir de jours meilleurs. Peut-être.

— Pourquoi c'est si compliqué les relations de couple, Gab ?

— Parce qu'on vit dans une société trop libre.

Elle ne comprend pas ce que je veux dire. Même moi, je ne sais pas trop. L'alcool fait son effet, qui semble quintuplé avec le cachet.

— Nos parents devaient se marier et vivre ensemble pour la vie. Nous, on cherche toujours quelqu'un de mieux avant de se caser. Pis avec Internet, on va continuer à chercher jusqu'à ce qu'on pète au frette !

— Mais j'ai trouvé celle que j'aimais.

— Oui... peut-être qu'elle n'a pas trouvé, elle...

Je brise ses illusions, mais je sais que j'essaie de briser les miennes.

Elle m'offre un shooter de vodka sorti je ne sais d'où. Nous trinquons et j'avale le liquide qui me brûle l'œsophage.

— Buvons pour oublier !

J'ai l'impression de retourner dans l'adolescence. Un temps où je me sentais invincible. Parce que les bonnes personnes m'entouraient. Ou parce que je croyais qu'il s'agissait des bonnes personnes.

Thomas et Joko viennent nous rejoindre. Je demande à mon meilleur ami si c'est sérieux entre Dana et lui. Il hausse les épaules, me dit qu'il n'a tellement pas confiance en lui que ça doit déteindre sur sa façon d'agir. Je trouve qu'il parle pour ne rien dire. Il a la meilleure fille en ville, celle que j'épouserais sur-le-champ si je m'intéressais à ce qui se trouve entre ses deux jambes. Mais ce n'est pas le cas. Ce ne sera jamais plus le cas.

Je prends la bière que Joko me tend. Nous trinquons encore. *Bonne année... ouais, ouais, c'est ça.*

La fameuse Katy revient vers nous, encore plus saoule. Elle hurle dans nos oreilles que nous sommes assis sous une feuille de gui. Il faut s'embrasser. Je regarde Charlotte, l'air interrogateur, mais elle ne me laisse pas le temps de parler, déjà ses lèvres se collent sur ma bouche et je sens même sa langue qui tente de s'y insérer.

— Les gars aussi ! On est dans une maison ouverte ici !

Je sens que Thomas et Joko ne sont pas d'accord. Leurs visages en disent long sur leur dégoût. Toutefois, ils sont bons joueurs et ils se penchent l'un vers l'autre pour se donner un baiser sec. Je n'en reviens pas. Ça me fait penser aux désirs que je développais envers Thomas au début de notre amitié au secondaire. Et, lorsque celui-ci s'approche de moi, je retiens un geste de recul alors que sa barbe de trois jours vient frôler mon menton. Il y a quelque chose d'étrange dans ce geste. Comme si j'embrassais un frère, tout en sachant l'interdit qui plane autour de ce genre d'acte. Je crois que Thomas veut me changer les idées. Il doit craindre que la perte de Luc en vienne à me tuer.

Joko, lui, s'applique rapidement, ses yeux en amandes fermés, comme si on lui ordonnait d'avaler la chose qu'il déteste le plus dans son assiette. Il me fait penser à un gamin ! Puis, mes amis se tournent vers Charlotte, et celle-ci hausse les épaules, prête à s'offrir sans retenue. Je remarque bien que les baisers se font plus langoureux. Sur le moment, Dana vient vers nous et Katy s'empresse de lui expliquer la règle. Mon amie embrasse donc Joko et Charlotte et, lorsqu'elle arrive vers Thomas, j'observe la tension sexuelle augmenter d'un cran. Ils s'enlacent, sans effort, comme si la nature les guidait. Le baiser continue, de nombreuses secondes, sous le regard de notre cercle. Nous retenons notre souffle avec eux. Nous comprenons avec eux : ils sont faits l'un pour l'autre. La scène me réjouit et me dégoûte à la fois. Je saisis trop bien ce qu'elle annonce ; une relation entre eux, quelque chose d'intense, de foudroyant et de passionnant. Mais pour combien de temps ?

Dana finit par retourner dans la cuisine avec Katy. On dirait deux pucelles japonaises qui rient dans une publicité multicolore à la télé. Thomas secoue la tête, perdu dans l'alcool et les événements.

— Tu crois qu'elle est sérieuse ou qu'elle joue ?

— Je sais pas. J'ai rarement vu Dana jouer avec autant d'intensité.

— Mais je suis pas son genre, hein ?

Je voudrais le frapper. Je sais déjà que cette hésitation le perdra. Thomas n'aime pas sa vie, n'aime pas son corps, n'aime pas son visage ni son regard. Il se déteste sans savoir ce qui cloche. Je voudrais lui faire comprendre que sa prochaine erreur sera son ambivalence, mais je me tais.

— Réponds ! Est-ce que j'ai une chance ?

— Oui... je crois, je sais pas ! Demande-lui !

Insatisfait, il se lève pour se diriger vers une autre pièce. Joko reste silencieux, comme d'habitude. Je pense qu'il est traumatisé d'avoir posé ses lèvres sur deux bouches de garçon. Ça m'amuse. Je suis certain que s'il avait su que j'étais gai au secondaire notre relation amicale ne se serait pas développée autant. Juan revient vers nous, mais je l'avertis vite que Katy est aux aguets. Il s'en fout, me dit qu'il est tellement saoul qu'il pourrait embrasser une truite. Il lance quelques mots en espagnol que je ne comprends pas, puis déclare qu'il a réfléchi à mon histoire, et que, si Luc quitte mon appartement avant juillet, il serait peut-être prêt à emménager avec moi. De belles paroles... mais je sais que ce garçon change d'idée à chacune des vingt-cinq cigarettes qu'il fume par soirée. Il est moins drastique que Thomas, mais quand même. Je ne comprends pas notre génération indécise. Toujours remplie de projets, mais lorsqu'il est temps de passer à l'acte, c'est une autre histoire...

Je décide de retourner aux toilettes. Cette fois-ci, j'aurai peut-être plus de chance. Je me crée un beau scénario, mais lorsque j'ouvre la porte, je trouve Dana debout et Charlotte sur la cuvette. Je sors mon téléphone portable pour faire une vidéo improvisée. On y voit Charlotte qui s'essuie l'entrejambe et Dana qui rit, les yeux presque révulsés. Je n'en peux plus, je dois uriner. Elles s'amusent de me voir faire, puis discutent de la nouvelle relation entre James et William, les deux garçons qui étaient trempés dans la douche. Je leur dis de ne pas s'en faire, cette histoire sera terminée dès le 2 janvier. Elles lèvent les yeux en l'air devant tant de pessimisme amoureux, et, pendant que j'urine, elles tentent de me serrer dans leurs bras. Mon jet éclabousse la toilette, mais tout le monde s'en fout.

La tête me tourne. C'est une réussite. Je ne pense plus à Luc. Je m'imagine plutôt les feuilles de gui et leur emplacement. Je vaux mieux que Luc. Je suis libre. Je n'ai pas de comptes à rendre. Je peux offrir ma bouche à n'importe qui.

Les filles parlent de clitoris. Elles se demandent si leur bouton d'or est identique. Je m'en amuse, essayant de reprendre mon côté hétéro qui n'a pas survécu depuis ma relation avec Sarah. Nous nous retrouvons dans une chambre, une chambre où Charlotte et Dana veulent que je sois « l'homme de la comparaison ». Il n'y a pas de danger, puisque je suis gai. Je me prête au jeu. Dans la pénombre, elles baissent leurs jeans et affichent un sexe rasé, une norme pornographique qu'elles n'ont plus le choix de suivre. Je me penche vers le vagin de Charlotte, observe son clitoris bien gonflé. J'attends que Dana se dévoile à deux centimètres de mon visage. Quelle situation ironique ! Ce soir, en peine d'amour d'un homme, me voilà en train d'établir une comparaison entre deux intimités féminines. J'y prends du plaisir. Un plaisir inexplicable.

Le bourgeon de Charlotte est plus proéminent que celui de Dana. Ça ne veut rien dire. Rien n'a de sens dans cette soirée. Et Thomas coupe court à nos explorations en ouvrant la porte de la chambre. Dans son regard, je sens tout de suite la réprobation. Il m'a maintes fois répété qu'un gai devait être l'homme le plus chanceux du monde. Les filles ne se méfient jamais. Il m'arrive d'en voir plus que les hommes hétéros que je côtoie. Ridicule. Je voudrais voir un pénis gonflé de désir, mais me voilà devant deux clitoris bandés. Je suis heureux que Thomas fasse irruption. J'essaie de partager sa surprise devant la scène, mais il sait que je joue. Dana rougit, honteuse de la condition dans laquelle il la trouve. Je rassure mon ami, lui disant qu'il n'a rien à craindre ; je suis « pédé » après tout. Mais j'en rajoute surtout pour me convaincre. Tous ces événements me rappellent Sarah. Sa jouissance, les contractions de son sexe et le plaisir qui l'inondait lorsque je venais en elle.

Je quitte la chambre. Il vaut mieux laisser Dana s'expliquer avec son prochain prétendant. Ça ne me concerne pas. Je titube vers la cuisine, saisis une pointe de pizza et une bière. Un des deux garçons qui était dans la douche m'indique que je me trouve encore sous une feuille de gui. Je l'embrasse sans émotion. Voilà où nous en sommes. Voilà ce que nous vivons. Loin des codes de conduite et des règles de bienséance ; la vie est un abandon du corps. Nous sommes tous des épaves qui dérivent à la recherche d'une île confortable. Retour d'une pensée pour Luc. Il doit déjà être au lit avec son homme. Je ne l'accepte pas. Je dois combattre ; retrouver le point d'équilibre. Et mon équilibre, c'est lui. Pas question de songer une seule seconde à commencer un processus de deuil, à me dire que peut-être jamais... Non. Je dois reconquérir Luc. Dès maintenant.

2008

Nothing between those two ears
Except the white bliss and the fear
You wish that something would change
Maturity don't come with age

When you lie with him
And when you lie to him
Don't contact me
Nothing was here you see

Nothing – Maps

Une seule chandelle éclaire mon visage fatigué par cette lutte constante que je voudrais anéantir... mais le plaisir de quelques minutes vaut plus que tout le bonheur du monde. Encore une bouffée de joint, puis une gorgée d'alcool.

J'observe les légers flocons qui flottent à l'extérieur. On dirait qu'ils veulent éviter le contact du sol, pour vivre un peu plus, pour jouir du temps qu'il leur reste. La fenêtre donne sur la rue, celle-là même où je regardais Luc partir dans la voiture de l'Autre. Une année entière... pour se retrouver au même point de départ. Un cercle qui me semble infini. Une année à bander, puis à pleurer. À présent, Luc ne vit plus ici, mais impossible de couper les ponts. Il revient une ou deux fois par semaine, comme un voyou qui fait attendre sa maîtresse pour quinze minutes de baise avant de repartir dans le monde qui lui appartient.

Luc a cette manière de s'approprier les gens et de les considérer comme des choses qui lui sont dues. J'accepte cette règle. Parce que son sexe dans ma bouche ou dans mon cul me comble jusqu'à la prochaine fois.

On continue de me trouver stupide dans mon entourage. Thomas et Dana s'unissent pour me dire que ça suffit ; il faut cesser le jeu, un jeu sexuel qui détruit le peu d'estime qu'il me reste de moi. Je voudrais quitter Luc pour de bon, lui dire que je n'ai plus besoin de lui, que je peux me passer de son sexe. Et pourtant, le simple fait d'en parler m'excite et me donne envie d'ouvrir les jambes. Comme une maîtresse.

Le rituel est identique, peu importe la raison de la rencontre. Je l'attends vers midi, me levant à dix heures pour nettoyer l'intérieur de mon corps. Il me veut propre, propre comme une petite femme obéissante, car c'est ce que je suis à ses yeux : « Une vraie salope fait tout ce qu'on lui dit. » Je devrais me révolter contre ce genre de paroles, mais mon érection me guide vers lui. Et, au fil des mois, plus je bande, plus il devient possessif et violent. Il peut me faire marcher à quatre pattes comme un clébard, me faire lécher ses pieds sales ou m'utiliser comme un urinoir. Je suis à lui, son trou, son objet, sa chose. Quand il me vient sur le visage, qu'il me flatte la tête d'une main et me fait lécher le sperme sur ses doigts, il me rappelle que je suis un « bon chien », et cette attention, si haineuse soit-elle, cet amour, si brusque, me donnent du réconfort, m'autorisent à jouir sur-le-champ.

Pendant l'été, il vient chez moi en vélo, il arrive en sueur, et je sais déjà quel sera mon travail. Après avoir débouché sa bière et allumé son joint, je me love au creux de son aisselle pour lécher cette chaleur humide. Une fois défoncé, Luc m'empoigne la tête et me lance : « Ça goûte bon un vrai homme, hein ? » J'acquiesce pendant qu'il cherche sa salive au fond de sa gorge... pour me cracher près de la bouche. Il reprend la substance d'un doigt et me la fait « déguster ». Parfois, quand il est couché sur le dos comme un pacha, je décalotte son gland et une forte odeur d'urine se répand dans la pièce. S'il me voit froncer les sourcils, il me gifle gentiment avec sa bite : « Tu es une chienne. Les chiennes doivent nettoyer les queues, peu importe leur état. » Je prends alors une grande respiration et je suce ce membre sale. Sa main sur ma tête guide mes mouvements, me rassure. J'y vois de l'amour, une once d'attention parmi toutes ces saloperies.

Luc en ferait probablement rire un autre que moi. Se considérer comme un homme viril du haut de ses cinq pieds et quatre pouces, avec ce corps mince et imberbe... Qui pourrait le prendre au sérieux ? Pourtant, il suffit qu'il me fixe de ses yeux bleu océan pour que j'obéisse à sa voix. Un maître. Un maître qui joue avec son esclave. Un bâtard qui perçoit de faux sentiments, qui s'aveugle dans ces jeux de plus en plus vicieux et humiliants. Si mes amis savaient, si mes parents...

Je ne dis plus jamais que j'ai revu mon ex. Le mensonge par omission est devenu mon meilleur allié ; il m'évite des discours moralisateurs. Je reste silencieux, enfermé, excité par l'idée de la prochaine fois. Mon quotidien est devenu un fil tendu entre deux événements, où je fume de la marijuana pour passer le temps. Le vide. L'attente. Luc n'a même pas besoin de m'emprisonner dans une cage, je vis déjà dans sa prison.

Combien de soirées avortées avec mes amis pour son plaisir ? Combien d'absences aux repas familiaux pour réussir à le voir ? Et combien de larmes déversées, alors qu'il faisait la promesse de venir... avant d'annuler à la dernière minute ? De nombreuses excuses : « Mon chum est revenu plus tôt, mon chum ne part plus pour le week-end, j'ai été appelé par le travail, j'ai changé d'horaire avec mon amie, ou simplement : je ne peux plus. C'est comme ça. » La pire raison, celle qui me fait rager contre mes désirs. Dépendant de ses ordres et de ses projets variables. C'est lui qui dicte la loi et, puisque nous ne sommes plus en couple, je ne peux qu'accepter ses mensonges.

En un clin d'œil, j'ai trouvé le mot de passe qu'il utilise pour entrer dans sa boîte de courriels. Ce que j'y lis me détruit. D'abord, il y a les « je t'aime », des « je t'aime » dirigés ailleurs, loin de moi. Il appelle son copain « babe », comme nous avions l'habitude de le faire entre nous. Je suis relégué au classement, dernier dans la chaîne ; la personne qui lui vient en tête lorsqu'un conflit éclate dans son petit cocon. Un simple « deuxième plan », qui peut bien attendre son tour, puisqu'il n'est plus si important.

Quand il annule nos rencontres pour me faire croire qu'il a un rendez-vous chez le médecin ou chez le dentiste, en quelques secondes je peux lire tout le contraire. Il écrit à « babe », confirme son arrivée dans dix minutes au restaurant. J'ai bien pensé aller me promener devant la vitrine du lieu de leur rencontre, pour le surprendre, pour l'accuser, mais je me contrôle. Il ne ferait que me rejeter, je n'en serais que plus humilié devant des yeux inconnus. Et je ne veux surtout pas voir l'Autre, mettre un visage sur un nom idiot, sur quelqu'un d'aussi con... incapable de s'apercevoir de la double vie de « son » homme.

J'ai fini par me dire que l'affrontement mènerait à la perte. Impossible de le perdre. Il n'y a que lui. Les amis s'éloignent, les études ne m'intéressent plus, le travail me rend morose. Je rentre chez moi, porté par un seul espoir : y aura-t-il un message sur le répondeur ?

Bouteille de champagne à la main, j'observe ma montre. Je suis à l'heure. J'ai décidé de ne pas suivre le groupe, ce soir. Pas de festivités du jour de l'An. Mais j'ai une bonne raison.

J'imagine Thomas et Dana qui s'embrassent et s'enlacent, je visualise Juan et Joko déjà saouls, je me demande ce que Sébastien fait en France. Il doit dormir. Et moi, je suis ici. Pour une excellente raison.

Je cogne sur la porte blanche identique à tant d'autres dans ce couloir d'hôtel. Quelques pas, un déclic... et la voilà, les joues rougies par l'alcool... ou la gêne. J'avance un peu, tends le cou pour lui offrir un baiser, mais au même moment, elle se tourne pour me présenter l'autre côté de son visage. Nos lèvres se croisent. Furtivement. Assez pour que sa timidité se transporte et devienne mienne.

Je voudrais la questionner sur les motivations derrière son appel. Pourquoi moi ? Pourquoi cette année ? Mais surtout, que fait-elle à Montréal pour la veille du jour de l'An ? Ce n'est pas comme si on planifiait cette soirée depuis des mois. Je n'ai pas eu de nouvelles en quatre ans. On dirait qu'elle a ressenti ma douleur, qu'elle a perçu ma solitude, mon célibat, mon abandon. Je voudrais la remercier pour ça, mais je devrais alors fournir trop d'explications.

Elle m'offre un verre de champagne. Je vois bien que la bouteille est à moitié consommée ; les glaçons sont presque fondus dans le seau à glace. J'accepte la flûte, étonné qu'il s'agisse d'une vraie flûte de cristal dans un hôtel convenable, mais pas si luxueux. Je lui demande si elle est en ville pour le travail.

— Non... En fait, je vis à Montréal depuis un an. Avec Romain.

— Quoi ?

— Oui, le même Romain...

Je la juge. Je n'y peux rien. Je n'arrive pas à croire qu'elle soit retournée vivre avec un homme qui la traitait comme une esclave. Et, tout à coup, le parallèle devient évident. Impossible de m'enfouir la tête dans le sable ; je suis aussi esclave de Luc qu'elle peut l'être de Romain. Mais qu'est-ce qui nous pousse tant à aimer le fait de ne pas être aimé ? Est-ce un défi personnel ? Une façon de croire qu'il est possible de transformer la nature humaine, de forcer l'autre à tomber amoureux ?

Devant mon silence, elle justifie sa présence.

— C'est fini. Je suis à l'hôtel pour éviter la fête qu'il organise dans mon... dans son appartement. Je m'en fous, je m'en vais vivre à Québec en février.

— Toute seule ? Ou est-ce qu'il y a déjà quelqu'un d'autre ?

Elle n'aime pas que j'utilise le mot « déjà », mais on dirait que plus rien ne me surprendrait de sa part.

— Je vais vivre chez ma sœur. Je suis célibataire, comme une grande. À trente-trois ans, il est temps que je prenne ma vie en main.

J'acquiesce. Même si elle a l'air légèrement saoule, elle ne semble pas dépressive. Elle m'explique qu'il s'agit d'un nouveau départ. Ah ! Le fameux nouveau départ. Je serais curieux de savoir combien de fois on en parle dans une vie ! Elle me dit aussi qu'elle doit régler ses dettes envers le passé. Mais je ne l'écoute plus. Je ne comprends pas ce qui arrive. J'ai beau hocher la tête, c'est mon pénis que j'entends. Il me dit : « Fonce ! Vas-y ! Essaie pour voir ! »

— Gab ?

Je vide ma flûte d'une traite et lui présente la bouteille que j'ai moi-même apportée.

— C'est une bonne année... Écoute... je me demandais... tu veux prendre un bain ? Comme dans le temps ?

Son regard s'illumine. Et mon sexe me dit : « Tu vois ! J'avais raison ! J'ai toujours raison ! »

Dans le bain, je me rends compte qu'elle espérait peut-être réellement mon offre. Elle a amené des bougies... et de la marijuana. Encore de la mari. Cette nuit, je la crains un peu plus. Et si le fait de fumer me donnait envie de sucer, comme c'est le cas quand j'attends Luc pour nos quinze minutes d'intimité?

À vrai dire, je m'en fous. Le fait de ne plus devoir rien à Sarah m'enlève beaucoup de pression. Elle a peut-être des attentes, mais si je n'arrive pas à les combler, je n'ai plus à me sentir coupable. Cette constatation me rend léger. Les bulles descendent bien, le joint a bon goût, et je m'abandonne à la conversation, chose que je n'ai pas faite depuis trop longtemps. À force d'être ancré dans un rôle de «maîtresse», je m'aperçois que tout le reste de ma vie est une cachette, un mensonge.

Sarah me parle de son ex; ils devaient s'acheter une maison en banlieue, un golden retriever et deux voitures. Il lui avait promis exactement la même chose à l'époque. Plus ça change...

— Pourquoi t'as gardé ta culotte?

En effet, nu dans le bain, je lui fais face et je ne peux m'empêcher de trouver injuste le fait de lui présenter mon érection, qu'elle caresse sans gêne, alors que de son côté, elle reste pudique. Je veux pousser l'audace, mais elle m'arrête dans mon élan pour savoir si j'ai revu Sébastien.

— Oui. Il va bien. Il vit encore en France...

— OK.

— OK? C'est tout?

Elle hausse les épaules.

— Ça fait longtemps que je ne me préoccupe plus de lui...

Sébastien avait donc raison. Pas de demande officielle pour qu'il parte, mais un langage indirect pour lui conseiller fortement de suivre cette voie. Je suis choqué de m'apercevoir de toute cette animosité chez elle. Il y avait bien de la rivalité, mais je croyais que leurs rôles étaient bien définis. Naïveté de jeunesse ? Aveuglement volontaire ? Je ne sais pas. Tout ce que j'en comprends, c'est que Sarah semble avoir toléré Sébastien pour éviter de me perdre. Triste réalité. Moi qui pensais sérieusement avoir vécu le trio parfait. Je suppose qu'il faut accepter les interprétations des autres.

Au bout d'une quinzaine de minutes, alors que nous terminons la deuxième bouteille de bulles, Sarah propose de sortir, me montrant ses mains et ses doigts ratatinés. Je me rappelle soudain que notre dernier moment à deux était semblable à celui-ci. Mais les questions d'ambigüité sont réglées. Elle sait que je suis gai.

Je tire sur le bouchon du bain et nous nous relevons, mais je dois la retenir dans mes bras, car l'alcool qu'elle a absorbé la rend chancelante. Premier contact entre mon sexe et sa peau. Elle frissonne, puis prend la serviette que je lui tends pour la déposer sur le carrelage froid. Elle s'agenouille, et la chaleur de sa bouche m'envahit. J'essaie de dire quelque chose pour l'arrêter, mais devant mon érection, puis mon étonnement, je décide de ne pas agir.

En quelques minutes, nous nous retrouvons au lit, et c'est comme si je ne contrôlais plus mon corps. La mécanique se met en place, la position banale est parfaite pour notre manque de sobriété ; un simple missionnaire ridicule... mais nos retrouvailles compensent l'absence de romantisme.

Mon sexe en elle. Vif. Nerveux. Solide. Presque dominant. Elle accroche ses mains derrière ma nuque, se laisse porter par mes élans, et me revoilà, il y a quatre ans. Jeune, naïf, heureux. Presque hétéro.

Cette nuit, Luc est loin derrière. Je me prouve à moi-même que je peux continuer ma vie sans lui. Ce pourrait être une bonne résolution du jour de l'An.

Sarah me fixe dans les yeux tout au long de cette étrange réunion. Puis, mon œil la supplie. Sans réfléchir. Comme à l'époque. Comme deux gamins qui n'auraient jamais eu d'histoires sexuelles avant. Un risque réel. Peut-être. Mais elle hoche la tête, sourit. *Oui ! Oui !* Son excitation entraîne la mienne. La permission est offerte. J'oublie tout. Et quand j'éjacule en elle, je sens ses contractions. Elle jouit. Quelques secondes où toute la haine du monde disparaît. Où le bonheur est comme une petite vague qui lave toute la peine que les hommes peuvent se faire subir mutuellement. Une impression claire. C'est fait. Je suis retourné en arrière pour aller vers l'avant.

Je ne peux retenir mon soupir de satisfaction en me tournant sur le côté du lit. Je pense déjà au sommeil récupérateur qui s'en vient... et à remettre ça demain matin. Mais Sarah se lève, remet son jeans et s'assoit. Je pense qu'elle veut aller fumer une cigarette. Elle a l'air en profonde réflexion, dans la lune. L'alcool se dissipe, la lucidité s'amène, et d'un souffle à peine audible, elle me demande de partir. J'éclate de rire, croyant à une blague, mais plus je l'observe, plus son visage semble me souffler un adieu définitif.

— J'ai besoin d'être seule. Je ne me sens plus à l'aise.

— Vas-tu être malade ?

Je me souviens qu'elle a horreur qu'on la voie vomir. Les épisodes du passé me rappellent qu'elle m'expulsait hors de l'appartement.

Elle détourne la tête, hausse le ton : « Non. Je me sens mal à l'aise. J'aimerais que tu partes. S'il te plaît. » Je ne peux m'empêcher de me sentir froissé. Je saute hors du lit, cherche mon boxer qu'elle finit par me tendre. Le temps que je m'habille, elle passe à la salle de bain. Pour éviter mes questions. Ou ne pas voir ma déception ? Dans mon esprit, un mot de cinq lettres : « rejet ». Voilà. Je suis condamné à faire jouir, puis à me faire crisser là, comme le vibrateur qu'on lance dans le tiroir avant de fermer l'œil pour la nuit. Mais qu'ai-je fait pour mériter autant de manque de tact après une relation ? Ai-je perdu ma *drive* ? Est-ce une question de vieillesse ? Peut-être que je ne suis plus assez adolescent ? Que j'ai trop engraissé depuis le temps ?

En remettant mes souliers, je cherche toujours la réponse. Je me retrouve sans cesse dans le rôle de la « maîtresse » ou du « gigolo ». Je suis le synonyme du déchet : « Essayez, puis jetez après usage. » Je dois manquer de sucré, de salé ou de je ne sais quoi. J'ai beau m'accrocher, les gens, eux, passent ou fuient.

Sarah sort des toilettes pendant que j'enfile mon manteau. Je n'ai plus envie de connaître les raisons de mon départ. J'ai déjà mes réponses. Elle devait faire son deuil. Une dernière rencontre, une finale aussi belle que la nostalgie accumulée durant quatre ans ; le grand trait avant la séparation.

Je pense à m'excuser. Mais des excuses pour quoi ? Pour être resté enfermé dans son esprit pendant toutes ces années ?

Elle ne le dit pas, mais je ne crois pas qu'elle m'en veuille. Non. Elle écrit simplement le mot « fin » sur notre histoire. Une histoire qu'elle a probablement étirée dans ses rêves et ses fantasmes. Exactement ce que je fais avec Luc.

Une finale calme. Deux becs sur les joues, un « prends soin de toi » bien senti, honnête, puis la porte refermée, et la distance qui commence.

Dans le taxi qui me ramène à mon appartement, je me sens en paix. Pas de rancœurs, pas d'envies de vengeance, même s'il y a des zones d'ombre. Je suis convaincu d'une chose ; on ne peut pas s'accrocher à un seul être pour toujours. On ne peut pas croire que les années ne changeront pas notre amour, notre désir, nos attirances et nos pulsions.

Chaque fois que je recroiserai quelqu'un qui a été important, et la vie se fait un plaisir de multiplier ce genre d'occasion, je serai zen. Je me souviendrai de la complicité partagée, de cette chimie qui fait que l'on choisit une personne plutôt qu'une autre, mais surtout du courage que l'on doit montrer pour oser construire son petit début d'éternité, un nid amoureux que l'on risque de détruire soi-même ou de se faire piller.

Alors que je paie le chauffeur de taxi, j'aperçois une silhouette sur mon balcon. Ce doit être Juan ou Charlotte qui viennent prendre de mes nouvelles, qui se demandent si je suis saoul ou mort. Je claque la portière et monte dans la noirceur de l'escalier.

Il est là. Comme un spectre de mon imagination. Je ne comprends pas. En m'avançant, je me fige et son visage s'approche du mien. Il doit être trois heures du matin et il n'a rien à faire dans le quartier. Je lève les sourcils, l'air interrogateur. Il porte une casquette Billabong, celle que j'ai toujours aimée, celle qu'il avait sur la tête lorsqu'il enfonçait son sexe dans mes entrailles en me chuchotant à l'oreille un «chuttt» pour calmer ma douleur. Ses yeux bleus et froids attendent que je déverrouille la porte. Il grelotte. Il doit être ici depuis plusieurs heures. J'ouvre, et, sans même me le demander, il se déchausse et s'avance vers le salon. Léo vient l'accueillir, se frottant sur ses jambes avec empressement. Je ne détache pas mon regard du sien. J'attends qu'il parle, qu'il explique sa présence. Il devrait être dans une fête quelconque, avec son copain, ce nouvel amour auquel je n'ai jamais cru.

Du bout des lèvres, il lance la phrase que j'ai attendue depuis des mois : « C'est fini. » Au lieu de m'en réjouir, je lui demande pourquoi. Il m'apprend que l'Autre s'est faufilé dans sa boîte courriel, qu'il a lu nos échanges, nos rendez-vous de baises planifiées. J'ai envie de sourire, mais je me retiens, constatant tout de même que nous sommes tous pareils ; la curiosité passe avant la confiance.

Luc est debout dans mon appartement, comme un mirage dans le désert. Je n'ose pas porter mes lèvres près des siennes. Je ne sais pas ce qu'il veut. Il a l'air triste, mais libéré. Il doit s'en faire pour le matériel, pour tous ces meubles qu'ils ont achetés ensemble chez IKEA.

— Est-ce que je peux rester chez toi ?

La question n'en est pas une. Je voudrais l'interroger, connaître les moindres détails de sa séparation, mais dès que Luc s'assoit sur le divan, je retrouve mon rôle, entre ses jambes, déjà submergé par le bonheur de l'avoir pour moi. Toute la nuit. Toute la semaine peut-être. Puis, je m'arrête. Me relève.

— J'irais prendre une douche avant.

Il me lance un regard surpris. C'est la première fois que je n'obéis pas naturellement à ses désirs. Je perçois presque une once de respect dans sa voix ferme : « Non. Après m'avoir vidé. »

Aucun mot ne me vient. Impossible de contester. J'ai beau penser à l'Autre qu'il baisait quelques jours plus tôt, au risque qu'il me transmette un virus, un microbe ou une sale ITS. Rien à faire. J'envoie tout valser et détache la ceinture de son jeans. Cadeau de Noël à retardement. Un cadeau toxique, certes, mais je m'en fous. Luc est un poison, un venin, je le sais, mais j'en veux encore. Il n'est pas bon pour moi, il est tout ce que je devrais éviter, mais j'en veux encore. Encore. Encore. Je n'écouterai personne. Je ferai à ma tête. Nous vivrons notre amour pour toujours.

2009

There are things we cannot know
Invisible hands which guide the show from up above
And sometimes you are forced to go
Far away and shut the door
On the one you love
Well I don't know now where you are
Your photograph sits like a scar against my wall
Such a pretty face
The sunshine in your eyes
Taken on that day
When all we had was love

Invisible Hands – Joseph Arthur

Chaque fois que je surprends son regard, son sourire se fige comme s'il me demandait si quelque chose cloche. Et, chaque fois, je retiens mon souffle, remue la tête, me replonge dans mon livre ou me tourne vers mon écran. Même si les mois ont défilé, je n'arrive pas à y croire : il est revenu. Pour de vrai. Comme un fantôme qui en aurait eu assez d'endurer tout ce pathos qui émanait de moi ; réapparu pour me redonner le goût de vivre.

Je croyais qu'il nous restait deux semaines, tout au plus, mais il est ici, il dort dans mon lit... et il se plaint que je m'accroche à son corps, que je le serre si fort dans mon sommeil qu'il est incapable de fermer l'œil. Je n'y peux rien, même la nuit mon subconscient reste en alerte, lui non plus n'arrive pas à se convaincre que Luc est revenu pour de bon. Je l'emprisonne dans mes bras jusqu'à quatre heures du matin, juste au cas où il changerait d'avis. Au réveil, toujours collé dans son dos, je passe une main entre ses jambes et je retrouve le « Monstre » déjà bien gonflé. Une nuit de gagnée. Encore une.

Je suis fier. Il n'y a pas d'autres mots pour décrire le sentiment de reconquête, l'acte suprême de faire revenir l'ex, de le faire chavirer une nouvelle fois. Notre première soirée de couple officielle s'est passée comme si nous avions consommé plusieurs cachets d'ecstasy ; une euphorie continuelle, sa peau lisse contre la mienne, ses yeux froids, mais amoureux. La double victoire, le verre qui se remplit et déborde, le soleil qui ne se couche jamais. «Je t'aime ! Je t'aime ! Je t'aime !» Avalanche d'amour, de désirs et de folie. Et sa réponse : «Tu m'appartiens. Je ne te quitterai plus jamais.» Je me suis méfié. Longtemps. Je me méfie encore, mais après une année, force est de constater qu'il a tenu sa promesse. Retour des habitudes et du plaisir. Ne plus m'en faire avec ma consommation excessive de marijuana. Vivre. Faire l'amour ; un jeu où la violence prime, où ma soumission devient banale, et pourtant, quand l'éjaculation se termine, Luc redevient sensible et à l'écoute. L'entente est claire : au lit, je suis sa chose, son objet, son esclave, et je l'accepte. Mais le quotidien se doit d'être égalitaire. Il faut parfois le lui rappeler, surtout au niveau des tâches ménagères, mais le Luc que j'ai connu et ce nouveau Luc 2.0 sont aux antipodes.

Si je me mets à réfléchir à l'homme que j'étais à pareille date l'an passé, je ne ressens que trois choses : jalousie, souffrance et haine. J'ai détesté celui que j'aime. Je lui en ai voulu, surtout en l'imaginant avec un autre. Écoutant *Down a rabbit hole* de Bright Eyes à répétition, je me voyais très bien le tuer de mes propres mains. Le salir. Faire de son existence un calvaire. Anéantir tout espoir d'avenir dans toutes les sphères de sa vie. Mais la roue tourne, le décor se transforme, la deuxième chance se présente.

Pour une rare fois, ce soir, je serai entouré de tous ceux qui comptent. La copine de Charlotte a organisé une soirée privée pour le jour de l'An. Vingt-cinq dollars par personne, alcool à volonté et plaisir assuré. Ce sera bien différent de mon rejet de l'année dernière. Aucune nouvelle de Sarah depuis. Je m'en fous. J'ai retrouvé ce qui m'importait le plus. Je sais bien que ma mère m'en veut. Mes amis aussi. Ils le disent à voix haute : « Tu fais une grave erreur de revenir avec lui. » Ils savent qu'ils ne pourront rien y faire. On ne choisit pas de qui on tombe amoureux. On vit pour ceux qu'on aime, pas pour ceux qui nous aiment.

J'ai hâte de revoir Dana, Thomas, Joko et tous les autres, mais surtout, le simple fait que Luc m'accompagne transformera l'occasion. Enfin, je pourrai rire, boire et l'embrasser devant tout le monde. Je leur montrerai que celui qui m'a fait tant pleurer peut aussi me rendre heureux.

Devant la glace de la salle de bain, Luc termine de se préparer. Il applique du gel dans ses cheveux et je songe soudain à tout annuler pour passer une soirée collé contre lui. Son chandail blanc et son jeans bleu lui vont à merveille. Je lui tends sa chaîne qui le rend encore plus séduisant, cette même chaîne que je lui avais volée il y a un an, parce que je ne voulais pas qu'il en baise un autre en la portant.

D'un geste furtif, Luc replace son pénis dans son boxer, mais il laisse sa main un peu trop longtemps, puis la retire et s'approche de moi. Il place ses doigts près de mes narines, me fait humer son intimité. Je dois m'accrocher au comptoir de la salle de bain, car mes jambes flageolent. L'odeur m'enivre, et mes genoux se posent naturellement sur le sol. Vite, dézipper son jeans !

— On n'a pas le temps !

— Je m'en fous !

Son membre est déjà en érection. Je le prends en bouche dans un soupir de satisfaction.

— J'adore quand tu fais ta pute.

Il me flatte les cheveux, se laisse sucer comme le dieu qu'il est à mes yeux. Mais la sonnette retentit et je m'arrête à regret. Merde. Les amis sont déjà sur le palier.

Dana et Thomas entrent dans l'appartement, suivis de près par Joko et Juan. Léo se met à faire des sprints dans le couloir, tentant en vain de protéger son territoire. Il n'est pas habitué aux éclats de voix.

Je me sens choyé. Même s'ils n'acceptent pas le retour de Luc, mes amis l'intègrent au groupe comme si de rien n'était. Ils évitent de me parler de mon couple, comme ils décident de taire toutes les saloperies qu'ils pensent de lui. Je les comprends. Des propos déplacés, j'en ai aussi tenu. Je sais qu'on voudrait me rappeler tout le mal que j'ai pu dire de Luc, je le vois dans les yeux qui nous examinent, mais ça ne vaut pas la peine de nous brouiller pour ça.

Dehors, une folle poudrerie balaie les trottoirs de la ville et fouette nos visages. Ce temps hivernal me rappelle des souvenirs d'enfance, quand je pressais ma mère de m'habiller en combinaison pour aller jouer dans la cour. J'aimais plonger mes mains nues dans la neige, les laisser là comme si je les avais oubliées. Les picotements ressentis, la brûlure vive qui me démangeait... si mes parents s'en apercevaient, ils me faisaient rentrer pour calmer l'engelure avec de l'eau. Je crois qu'ils ont toujours eu peur de me voir perdre un doigt.

Nous avançons dans la joie sur les trottoirs glacés. L'ambiance est vivifiante, personne ne tire le moral du groupe vers le bas. Joko et Juan ouvrent la marche, Dana et Thomas les suivent, puis il y a Luc et moi, plus amoureux que jamais, en symbiose totale. Chaque fois que je glisse un coup d'œil vers lui, je ne peux m'empêcher de repenser à sa beauté et à la satisfaction que lui procurait ma bouche quinze minutes plus tôt. Son retour me semble tellement improbable qu'il me surprend ; je dois le toucher, le chatouiller et l'embrasser pour m'assurer de ne pas vivre un mirage. Quand son rire éclate dans la nuit froide, mon cœur se réchauffe.

Je tire sur le pompon ridicule de la tuque grise portée par Joko. Il grogne, ralentit le pas, saisit un peu de neige au sol et tente de m'en envoyer dans le visage. C'est pourtant Dana qui en reçoit le plus, et elle hurle pour ses cheveux qu'elle a pris deux heures à lisser : « Ils vont boucler s'ils deviennent humides ! » Juan lui lance un « Boucle-la, Boucles d'or ! » et la guerre amicale commence. Armée de mitaines qui la protègent, Dana se met à nous balancer toute la neige qu'elle trouve dans les quelques bancs de neige plus ou moins blancs dans la rue Jean-Talon. Je sais que Luc a horreur d'être mouillé, et il se cache derrière moi, me prenant pour bouclier. Joko court de l'autre côté de la rue pour se refaire des munitions et, en quelques secondes, nous recevons des balles beaucoup plus imposantes. Il a trouvé de la neige collante et le cri de rage de Dana finit par calmer nos ardeurs. Thomas se place à ses côtés pour dégager les flocons qui sont restés dans ses cheveux, lui disant qu'il aime bien ses cheveux bouclés. Elle se calme, mais nous promet de se venger.

— On s'en va où exactement ?

Mon beau Luc pose une question, mon beau Luc est près de moi. On pourrait aller à l'autre bout du monde si tu voulais, Luc. Grande victoire ; l'amour et l'espoir triomphent toujours. Il suffit d'y croire et de persister.

Il n'y a que Dana qui sait où se situe la fête. Une fête à laquelle Thomas semble aller à reculons. Je sais qu'il n'aime pas trop rencontrer de nouvelles personnes dans les moments importants. Il préfère passer le jour de l'An avec ses vrais amis, sans complications ni présentations. Je le rassure, lui disant qu'avec un peu d'alcool, il trouvera que la soirée est extra. Pourtant, je me méfie aussi des amis de Sunny. Pour les avoir vus à quelques reprises lors de soirées chez elle, j'ai tout de suite compris qu'on ne venait pas du même monde. Et il n'y a rien de plus désagréable que d'entendre des gens converser en portugais ou en espagnol tout au long d'une soirée. Juan s'intègre bien, mais nous, c'est comme si on ne faisait pas partie du groupe; exclus dès le départ.

À notre arrivée, il faut descendre quelques marches pour se retrouver au sous-sol d'une pièce qui doit servir de débarras en temps normal. Les néons du plafond m'éblouissent et, même s'il est déjà vingt-trois heures cinquante, personne ne s'impatiente pour la nouvelle année qui s'amène dans dix minutes. Sunny et Charlotte viennent vers nous, nous expliquent qu'il y a eu quelques petites complications, mais sur ces mots, les lumières s'éteignent. Du centre du plafond, une boule disco illumine nos visages de petites étoiles. Il n'y a pas encore beaucoup d'invités, et Thomas a l'air rassuré. Pauvre Thomas! S'il voyait la vie autrement, s'il osait se plonger vers l'inconnu, vivre un peu dans le doute.

Minuit arrive et l'ambiance est plutôt fade. Luc est déçu. Je voudrais lui dire qu'on peut partir s'il le désire, mais je me retiens. Après tout, l'alcool est à volonté, et un mousseux de mauvaise qualité est servi sur-le-champ.

Le décompte est crié en retard. Il vaut mieux jouer le jeu quand même. On se souhaite tous une merveilleuse nouvelle année. Entre nous. C'est tout ce qu'on voulait, d'ailleurs.

Une lourde musique est crachée par quelques haut-parleurs que je n'arrive pas à distinguer dans l'obscurité. Je ne sais pas qui a fait les compilations, mais j'ai l'impression de revivre ma vie des quinze dernières années en chansons. On passe de Ricky Martin à Jennifer Lopez, de Brandy à Green Day, de Puff Daddy à Britney Spears. Ça me fait sourire. Je me rends compte que mes goûts musicaux ont bien évolué depuis les années 90. Je vieillis. Et quand je prends une pause pour analyser le tout, je ne peux que me rendre à l'évidence : je suis heureux. J'ai atteint la vie que je ne croyais jamais pouvoir vivre. J'ai accepté mon homosexualité, je suis en couple avec le plus séduisant des hommes, j'ai des amis extraordinaires, j'ai continué mes études dans le domaine qui m'intéressait et j'ai confiance, je trouverai bien un emploi dans ma branche. Tout est en parfaite harmonie, et c'est plutôt rare que les planètes soient si bien alignées. Je peux enfin me détendre, oublier tout le stress de l'an passé et vivre en confiance avec l'avenir qui se présente. J'aimerais bien que Joko et Thomas soient aussi joyeux que moi. Ils le méritent.

Malgré tout ce bonheur, je ne peux m'empêcher de remarquer deux clans aux extrémités de la salle. Dans un coin, un groupe de cinq ou six Latinos lorgnent d'un regard maussade une autre bande au fond près du bar. Il s'agit de trois, quatre Africains, qui ne s'en font pas et ont du plaisir entre eux. C'est ce genre de rivalité que je déteste dans les fêtes organisées par Sunny.

— Hello !

Je sors de mon analyse pour me rendre compte que je me trouve devant une jolie Africaine, justement. Cette fille est magnifique. Ses grands yeux bruns me pointent un verre de plastique qu'elle me tend.

— Vodka ?

J'accepte l'alcool en observant ses longs cheveux tressés. Elle me dit qu'elle s'appelle Flore, mais que tout le monde la surnomme «Butterfly». Quand je lui demande pourquoi, elle hausse les épaules et se met à rire. Je trouve que ce surnom lui va bien. Elle a l'air libre, sereine d'esprit, ouverte sur le monde.

Nous nous installons dans un coin de la pièce et elle me raconte son dernier exil en Europe. Comme moi, elle est allée vivre une année en France, à Toulouse. Elle n'en garde que de merveilleux souvenirs.

— C'est ce qui m'a permis de m'émanciper du Sénégal.

Je cogne mon verre contre le sien. Du coin de l'œil, je reluque Thomas et Dana qui semblent flirter. La bouche près de l'oreille ; chuchotements qui les font ricaner. Deux enfants qui jouent aux adultes. Enfin, je n'ai plus besoin de les pousser l'un vers l'autre.

Luc essaie de venir s'insérer dans ma conversation. Je l'accueille d'un bras autour des épaules, puis je pose mon nez dans sa nuque. Il sent le sexe. Il sent toujours le sexe.

— Je te présente mon chum.

Ma nouvelle amie le salue et nous demande depuis combien de temps nous sommes ensemble. Je ne réponds pas, laissant mon homme se démerder avec la question.

— Eh bien... on a eu des hauts et des bas, mais en tout, ça doit bien faire quatre ans déjà !

Il se tourne vers moi, comme s'il me demandait si c'est ça. J'acquiesce, sans vraiment calculer. L'important, c'est qu'il soit là à mes côtés.

L'alcool commence à faire effet. Je sens la chaleur sur mes joues. Peu à peu, la petite salle se remplit d'inconnus. Je me rends compte que je ne connais pas beaucoup les amis de Sunny. J'ai de la difficulté à comprendre comment elle fait pour soutenir toutes ces relations. Elle arrive à réunir tant de gens venus de sphères sociales différentes. Il y a les amis de son université, ceux de son travail, puis les connaissances rencontrées dans les bars ; on passe du grand gaillard mince au petit gros habillé ridiculement. J'ai presque l'impression d'être dans une fête ouverte à toutes les cultures. Espagnols, Brésiliens, Africains, Québécois, Libanais. La planète entière est réunie ici.

Thomas s'approche de moi et me demande s'il devrait faire un vrai *move* avec Dana. Ils n'ont toujours pas mis les choses au clair. Ils baisent en secret, mais pour ce qui est d'être en couple... Je l'encourage, lui dis qu'il est temps. Il n'a pas l'air rassuré. Toujours cette peur du rejet.

Je fume cigarette sur cigarette, je bois sans compter le nombre de verres et je m'amuse. C'est si bon de se savoir inclus, de ne pas s'enfermer dans son salon un jour de l'An. Je pense à mes parents, à ma famille. Je me sens toujours un peu coupable de ne pas être présent comme ils le souhaiteraient. Mais ils respectent mes choix et ne s'en formalisent pas. Je ne pouvais pas tomber mieux en tant que gai. Je remercie le ciel de m'avoir offert des parents aussi compréhensifs et ouverts. Il n'y a rien de plus beau qu'un père et une mère qui acceptent les désirs de leur enfant. Et le temps arrange les choses. Je croyais que mon coming-out allait sonner la fin du monde, et pourtant, ils sont toujours là, à soutenir leur fils comme trop peu de familles le font lors de la déclaration « choc ».

Il doit être une heure du matin, et la pièce, transformée en piste de danse, se fait de plus en plus étroite. Nous devons être au moins cinquante personnes ici. Impossible de bouger avec aise. Les gens se collent, flirtent, discutent et boivent. J'étire mon adolescence avec plaisir. Parfois, je me dis qu'il serait temps d'être plus adulte, mais à quoi bon ? Je profite de ma jeunesse, me perds par moment, mais réussis toujours à retomber sur le droit chemin... il est seulement un peu plus sinueux que celui des autres.

Dana vient vers moi, me demande ce qu'elle devrait faire avec Thomas. Décidément, ces deux-là jouent au chat et à la souris.

— Qu'est-ce que t'attends au juste, Dana ?

— Je sais pas ! Tu me connais ! C'est moi la princesse ! J'aimerais que ce soit lui qui officialise ça !

Elle est déjà saoule. Ce sera plus facile de lui insérer une idée dans la tête.

— Moi je dis : fonce ! Qu'est-ce que t'as à perdre ?

Elle hésite, ne se comprend pas elle-même. Malgré leurs tergiversations, je les trouve adorables. Ils n'ont pas eu besoin d'Internet pour se rencontrer. N'est-ce pas là la plus belle relation ? Celle qui n'est pas prédestinée, celle qui arrive au gré du temps, sans préparation ni fabulation ?

— Tu crois vraiment que je devrais m'embarquer là-dedans ?

— Oui.

Déconcertée, elle semble tout de même heureuse de ma bénédiction. Moi, quand je suis amoureux, j'aime que tous ceux autour de moi le soient également.

Butterfly revient m'offrir un verre. Je l'accepte avec joie, même si les petites étoiles de la boule disco commencent à me faire tourner la tête. La nouvelle année est déjà là. J'ai tout ce que je désire dans ma vie. Je bois une grande gorgée, saisis la taille de cette jolie fille et nous nous faufilons sur la piste de danse parmi les autres. Luc me surveille, et j'adore la pointe de jalousie qui passe dans ses yeux glacials. Il n'a pas à s'en faire. Je suis à lui. Pas de contrat, la simple réalité.

La jeune Sénégalaise tourne sur elle-même, rit aux éclats et pose ses lèvres sur ma joue. Je la fais valser dans le peu d'espace qu'il nous reste. Sunny s'amène pour nous prendre en photo. Elle hurle par-dessus un succès de Coolio pour immortaliser le groupe. Ceux qui l'écoutent se réunissent autour de nous et le cliché est pris rapidement. Je me demande ce que je ressentirai lorsque je regarderai cette image dans dix ans. Je préfère secouer la tête et ne pas y réfléchir. Je devrais arrêter de boire, mais mon verre d'alcool se porte naturellement à mes lèvres. Ce doit être le plus beau jour de l'An que j'ai connu depuis ceux que je passais avec Jean-François. Et je me rends compte que je l'ai complètement oublié. Mon amour de jeunesse se range dans une petite boîte et va retrouver le passé. Pour de bon. Je n'ai plus besoin de lui. C'est la même chose pour Sarah ou Sébastien. Le temps efface les gens.

Je me sens euphorique. Une autre cigarette dans la gueule, puis mon regard au loin : Thomas et Dana s'embrassent. Ils se mangent, se dévorent. Près d'eux, Juan rit aux éclats. Nos regards se croisent et il me lance un pouce en l'air en dansant sur place.

Je dois absolument me diriger vers la petite toilette au fond de la pièce. Évidemment, une file d'attente s'est formée. Nous sommes beaucoup trop pour une seule salle de bain. Je patiente en ligne, discutant avec le Latino devant moi. Il me demande qui je suis. Je prends une seconde de réflexion pour lui répondre que je suis le plus heureux des hommes. Il se met à rire, me dit d'en profiter, car ça ne dure pas. J'en suis bien conscient, mais, ce soir, les astres sont alignés pour me faire vivre une soirée des plus magiques. Le garçon lève son verre pour trinquer. Il semble totalement absent. Il doit avoir consommé autre chose que de l'alcool. Je m'en fous. Je me mets à rire en m'accrochant à son épaule. Il me tient par la taille, puis la porte s'ouvre. C'est à son tour d'aller pisser. Il me propose d'y aller avec lui. Je jette un coup d'œil dans la foule pour repérer Luc. Il parle avec Dana. Elle doit sûrement lui demander son avis sur Thomas. J'accepte l'offre. Nous nous retrouvons dans une salle de bain exiguë, à sortir nos sexes pour tenter d'uriner. Son pénis n'a rien d'attirant. Circoncis et plutôt mince, il ne me donne aucune envie. Je finis par croiser son jet avec mon urine ; il éclate de rire, me regarde dans les yeux, et je sens son hésitation lorsqu'il termine sa besogne. Aucun intérêt. Je rattache vite mes jeans pour sortir de la toilette, bois une grande gorgée d'alcool avant de me diriger vers Luc pour l'embrasser avec fougue. Il n'y a que lui qui compte. Mon bébé, mon amour, mon maître. J'aurais envie qu'il me prenne sur place, qu'il me pénètre dans la plus grande violence sur la piste de danse. Je veux lui proposer de partir d'ici tellement il m'excite dans son jeans bleu. Il est beau. J'ai l'impression d'avoir mal devant tant de perfection.

Thomas revient vers moi, pour me remercier d'avoir une amie « aussi hot ». Je lui dis de se faire confiance ; elle le veut vraiment, et pour ça, il ne peut que se féliciter lui-même. Je n'ai rien à voir dans cette histoire, je ne suis qu'un fil conducteur.

Trois heures du matin. Nous sommes tassés comme des sardines et je m'amuse à danser avec les inconnus. Tous sympathiques. Ils m'ont bien vu enlacer Luc et lui foutre ma langue dans la bouche, mais aucune réaction négative de leur part. Il y a dix ou quinze ans, ça n'aurait jamais passé. On nous aurait insultés, peut-être même frappés et évincés de la salle. Mais nous voilà libres. Libres de vivre selon nos envies. Vive Montréal !

Pourtant, le regard fatigué de mon amoureux m'indique que c'est l'heure. J'ai beaucoup de plaisir, mais je ne veux pas le laisser partir de la soirée seul. J'ai tellement peur que quelqu'un en profite en le voyant marcher sur la rue, qu'il me le vole et que je ne me rende compte de rien. Comme la dernière fois.

Je réussis à le convaincre de rester une demi-heure de plus. Je le prends par la taille, lui dit combien je suis heureux du dénouement de notre histoire. Je commence à avoir de la difficulté à aligner les mots. Ses yeux me lancent un sourire langoureux. Il me promet que la nuit est loin d'être finie pour mon « petit cul ». Je sais bien qu'en arrivant à l'appartement, nous serons trop crevés pour baiser, mais je m'amuse à le croire.

— OK ! T'as gagné ! Laisse-moi dire bye à mes amis et on file.

Satisfait, il se dirige vers les toilettes et attend son tour derrière deux, trois personnes. J'en profite pour aller voir Thomas. Sur ses genoux, Dana rit aux éclats et penche la tête vers ses lèvres. Une chanson de Sisqo prend le contrôle des haut-parleurs : *The Thong Song*. Ça me rappelle mon voyage à New York en quatrième année du secondaire. Je me promenais dans les rues bondées de vendeurs ambulants. C'est tout ce qui jouait à tue-tête dans les taxis qui klaxonnaient sans fin.

Je me trémousse devant Dana et Thomas ; ils s'amusent de me voir si saoul, et c'est vrai, car ma tête tourne et tourne. Mon amie se lève pour s'approcher de mon oreille et me remercier. Je lui répète que je n'ai rien à voir dans cette histoire. Elle me sourit, comme si elle ne me croyait pas, puis s'éloigne vers le bar au fond de la pièce. Je la vois parler à Luc, qui est le suivant dans la file pour les toilettes, puis elle continue son chemin.

— Alors, c'est fait !

Thomas hoche la tête. Il ne peut s'empêcher de me présenter un sourire niais. Je me mets à fredonner les paroles de la musique qui n'ont jamais quitté mon esprit :

That girl so scandalous
And I know another nigga couldn't handle it
And she shakin that thang like who's da ish
With a look in her eye so devilish

Ça me fait sourire, car je comprends très bien la signification de cette chanson. Elle n'a rien à voir avec ma vie. Même à l'époque, je n'ai jamais été celui qui reluquait les bikinis des filles. Le renflement au niveau de l'entrejambe des garçons me semblait beaucoup plus intéressant. Je repense à Sarah. Même si notre dernière rencontre s'est terminée en queue de poisson, je reste heureux d'avoir connu le corps d'une femme, d'avoir pu l'explorer sans tabous. Elle m'aura aidé à m'accepter, par son ouverture, par sa façon de ne jamais juger mes actes, même lorsque je la pénétrais en inclinant la tête pour garder le sexe de Sébastien au fond de ma gorge.

J'annonce à Thomas que je suis sur le point de partir. Il se lève pour me saluer. J'aurais cru qu'il aurait été le premier à s'enfuir de ce genre de soirée, mais Dana retient toute son attention. Sisqo se remet à hurler, et j'ai l'impression que quelqu'un a augmenté le volume de la musique, mais ce sont les gens qui chantent en chœur :

I like it when the beat goes da na da na
Baby make your booty go da na da na
Girl, I know you wanna show da na da na
That thong thong thong thong thong

Je me dandine sur un pied, un peu étourdi, et tout à coup, je suis bousculé par un Latino sans manières. Poussé dans la foule, je relève la tête, prêt à insulter mon agresseur, mais je n'ai pas le temps d'ouvrir la bouche. Je le vois frapper un autre garçon, ne comprends pas trop. Le groupe d'Africains que j'avais observé plus tôt riposte directement en fonçant vers nous. Puis un bruit sec éclate. Lumière aveuglante. Flash d'appareil photo ? J'observe les visages autour de moi. La piste de danse s'agite. Du bétail qui se lance un peu partout. Je tourne la tête vers Thomas, l'air interrogateur. Son visage sérieux se crispe. Autre flash dans le noir. Joko tombe à quelques pas de moi. Il hurle en tenant son bras gauche ou droit. Je m'approche, intrigué, mais Thomas ne m'en laisse pas le temps. Il m'agrippe la peau derrière la nuque et la tord avec violence, me projetant au sol. Mes lèvres frappent le plancher. Une dent glisse au loin.

Le goût du sang dans ma bouche. Les hurlements dans mes oreilles. Et Sisqo qui crie toujours son amour des g-strings :

> *I see your body next to me*
> *your thighs, your knees*
> *your breasts your feet*
> *oh please tell me baby*
> *ohhhhhhhhhhhhhh*

Je lève les yeux, la mâchoire engourdie par la douleur ou l'alcool. Autre flash. Détonation. La boule disco se détache du plafond et frappe la tête de Butterfly déjà recroquevillée par terre. Elle ne bouge plus. Noir total. Personne debout. Tous à quatre pattes, rampant les uns par-dessus les autres.

Il ne reste que la lumière de la salle de bain. Un mince filet qui attire mon regard comme si j'étais un insecte. Tenter de comprendre ce qui se passe. Voir le temps s'arrêter.

Luc, devant les toilettes. Chandail blanc. Rond rouge. Je tente d'aller le rejoindre, mais Thomas me retient avec une forme d'agressivité que je ne lui ai jamais connue.

Luc touche la tache humide qui salit son vêtement. Il me cherche du regard. Non. Je me trompe. Ses genoux se mettent à trembler.

Il s'écroule sur lui-même.

2010

This medicine you want
Medicine you need
Medicine to get you on your feet
I feel weak

You worked it so hard
You tried to make it shine
Medicine it keeps you down half mind
In your head

Cause every single day
And every single hour too
That medicine it works inside of you
In your head
In your dreams

Medicine – Tindersticks

Le reflet de mon visage dans les portes du wagon du métro me renvoie l'image d'un homme moyen. Pas trop gros, pas trop mince, un entre-deux que l'on pourrait qualifier d'idéal, mais si les gens savaient... Et ces cernes étampés sous mes yeux ; deux cercles mauves, frappés par la fatigue, mais surtout par la paresse. Puis ces joues, toujours d'un rouge vif aux vaisseaux sanguins éclatés, comme si je venais de courir un marathon ou de passer une demi-journée à faire du ski giflé par le vent glacial. Rien à faire avec ces joues ; même en me levant le matin, elles ont déjà une teinte rosée qui ne fera que s'accentuer avec les heures. Je détourne le regard. Les portes du métro se séparent, déchirent ce reflet que je considère avec dédain.

Station Place-d'Armes. Suivre le troupeau de travailleurs qui s'entassent comme des moutons, des moutons qui suent et qui suintent d'avoir le ventre trop plein après une heure et quart de lunch dans un restaurant huppé. Ils iront dormir le reste de leur après-midi dans un bureau où l'air est suffocant et où il ne se passera rien, car il ne se passe jamais rien au travail un 30 décembre. Peut-être feront-ils même une sieste ? Après tout, les patrons sont toujours en congé pendant les vacances de Noël.

J'ai enfilé un jeans et un pull gris et, même si mon manteau d'hiver me protège des regards, je comprends avec une certaine gêne que je ne fais pas partie de ceux qui ont réussi. Ceux qui ont réussi sont des amoureux du neuf à cinq. Leur vie est déjà dessinée, comme un trait sombre qui sépare une feuille de calcul en deux. *Le travail et l'argent.*

D'un geste nerveux, je dépasse plusieurs de ces tristes vestons-cravates et enjambe les escaliers pour retrouver l'extérieur. Je ne connais pas les lieux. J'ai bien visité quelques amis dans le coin, participé à des cinq à sept où je profitais gratuitement de l'alcool et des buffets, mais ce n'est pas assez pour me repérer. J'observe mon iPhone, déplace mon doigt pour quitter la section musique, sans arrêter la chanson dramatique de Godspeed You! Black Emperor. J'essaie de décrypter un plan virtuel qui m'indique le chemin à suivre. Quatre rues me séparent du rendez-vous. Je dépasse Saint-Antoine et tourne à gauche dès que j'aperçois Notre-Dame. Tout de suite, une grande tour de bureaux se dresse sévèrement. Sombre, noire, si haute et si intimidante qu'un frisson me parcourt l'échine. Je m'arrête un moment, tente de remplir mes poumons d'air pour me calmer. Le soleil plombe, mais il doit faire moins vingt degrés. La température ne me dérange plus, plus rien ne m'importe depuis longtemps.

Je me cogne le nez contre une porte terne et sale, incapable d'ouvrir. Je me retourne, les sourcils froncés, rempli d'interrogation. Je ne fais pas attention à la fille près de moi. Elle doit s'y reprendre par trois fois avant d'attirer mon regard, la cigarette aux doigts, effectuant plusieurs mouvements circulaires qui m'intriguent enfin.

— Gab ! Youhou !

Je recule d'un pas, surpris. C'est elle. Oui... je n'hallucine pas. J'ai beau fermer les yeux pour chasser les images, c'est elle ; celle dont j'ai souhaité la mort jour après jour depuis un an.

Je l'ai imaginée mourir dans un accident de voiture, prise à travers une carcasse métallique. J'ai vu l'avion qu'elle prenait pour Rio s'écraser contre le Christ Rédempteur. Elle a fait des centaines de crises cardiaques, a eu d'innombrables cancers... Je l'ai brûlée avec un bidon d'essence et un paquet d'allumettes. Mais elle est ici. En pleine forme. Devant moi.

Après une longue hésitation, j'enlève les écouteurs de mes oreilles et lui retourne un sourire hypocrite.

— Qu'est-ce que tu fais ici ?

— Euh ! Je travaille ici !

Elle se tourne vers son amie que je n'avais même pas remarquée, lui lance un rire discret.

— En fait, je travaille en face !

Elle pointe l'édifice qui nous fait dos. Il s'agit d'un immeuble beaucoup moins imposant que la grande tour noire dans laquelle je m'apprêtais à entrer.

— Alors, Gabriel, tu fais quoi dans le coin ?

Je me sens décontenancé. En fait, j'étais tellement certain de ne connaître personne ici que je n'avais prévu aucun alibi.

— Je... je vais rencontrer un client qui m'a donné rendez-vous.

C'est faux. Elle le perçoit au tremblement de ma voix, mais ne le relève pas. Par contre, elle continue son questionnaire. *Salope.*

— Tu fais quoi comme travail ? Toujours pour les Caisses populaires ? Wow ! Ça doit faire déjà huit mois qu'on s'est pas vus !

Oui, et mon intention était de ne jamais la revoir. Sunny... la copine de Charlotte. Tout est de sa faute. La plus grande coupable, c'est elle. Si elle n'avait pas organisé cette fête... Si elle n'avait pas invité les deux plus grands ennemis qu'elle connaissait... Quelle idiote rassemble deux petits cons en guerre pour un territoire de drogue ? Deux pantins prêts à tuer pour satisfaire leur chef de clan ? Si nous étions partis avant ce règlement de comptes, si j'avais vraiment écouter Luc quand c'était le temps... Si, si si. Je secoue la tête. Elle n'existe plus à mes yeux.

— Écoute, je suis un peu pressé ! On ira prendre une bière bientôt pour que je te raconte tout ça. T'as toujours mon numéro ?

Elle sort son téléphone, replace une mèche de cheveux tombante sur son front. J'ai du mal à dire s'ils sont bruns ou roux. Elle lance sa cigarette devant la porte condamnée et tape sur son écran.

— Oui ! Je t'appelle sans faute.

Merde. J'aurais cru que mon absence était claire. Je ne veux plus rien savoir d'elle. Pourtant, d'ici deux ou trois heures, je sais qu'elle composera mon numéro ; je recevrai un texto, un message, des mots remplis de pitié, comme tout ce que je lis sur Facebook depuis la dernière année. Il faudra penser à une autre excuse. Encore. Pour éviter d'en parler, pour cesser de voir défiler les mêmes images dans ma tête.

Je ne veux pas lui faire la bise. Plutôt lui tirer les cheveux, lui hurler de se mêler de ses affaires et lui cracher au visage. Mais non... je me penche vers sa joue, dépose mes lèvres sur cette peau que j'ai tant imaginée calcinée. *Salope.*

Elle s'éloigne avec son amie. J'espère ne plus jamais la revoir. J'ai enfin le champ libre pour trouver l'entrée est de la tour de bureaux. Cette fois-ci, je suis les gens qui sortent par une porte-tourniquet en sens inverse. Ils sont tous bien habillés, cellulaire à l'oreille, leurs vacances commencent maintenant.

Je pénètre dans le hall décoré de lumières et de guirlandes éclatantes. C'est bientôt l'heure. Direction les ascenseurs. L'endroit est calme. Un gardien de sécurité me jette un coup d'œil intrigué, mais il retourne vite à son café. J'appuie sur le bouton du dix-huitième. Personne n'entre avec moi.

Les étages défilent sans s'arrêter, et un vertige me surprend. Il serait encore temps de rebrousser chemin, mais cette rencontre fortuite me remplit de rage. Qu'est-ce que Charlotte attend pour se débarrasser d'elle ?

Pas question de me défiler. Je fixe les chiffres en haut de l'ascenseur. La porte s'ouvrira bientôt. Qu'est-ce que je fous ici ? Dans quel pétrin me suis-je encore jeté ? Il est trop tard pour commencer ce genre de réflexion. Je l'ai voulu, il n'y a pas de doutes. Plus rien n'importe.

Quand les portes s'ouvrent devant moi, je remarque tout de suite l'homme qui m'attend, les bras croisés, presque blasé. Il est beau. Début trentaine, le visage lisse, sans barbe ni cicatrices. Il sait que je le détaille. Nous nous approchons l'un de l'autre et mon stress augmente d'un cran.

— Francis ?

Question idiote. L'étranger hoche la tête pour confirmer son identité. Premier sourire. D'un geste maladroit, je lui serre la main. J'ai horreur des premières rencontres. Même si j'ai discuté avec lui pendant des jours sur Internet, le vrai test se passe ici, maintenant.

— Suis-moi.

C'est une proposition qui ressemble déjà à un ordre. Ces simples paroles calment mon angoisse. Mes muscles se relâchent, mon visage cesse d'avoir l'air alarmé. Francis est prêt à me contrôler. Il ne sourit plus. C'est parfait.

Nous nous dirigeons vers deux portes verrouillées. Il faut un code à quatre chiffres pour pénétrer dans les bureaux de cette société privée. Il doit y avoir des caméras partout, mais je m'en fous. Je suis cet homme avec sérénité, comme si j'avais la capacité de savoir qu'il est bon pour moi.

La mise en scène parait trop belle, je crains d'être victime d'un canular. Peut-être que derrière ces portes closes, je découvrirai un bureau animé et bruyant, rempli d'employés qui finalisent leurs derniers contrats avant la nouvelle année. Mais dès que le code est autorisé, je suis rassuré : les bureaux sont vides. Le silence gêne, mais en ce moment, il est le bienvenu. Francis avance d'un pas déterminé et j'en profite pour reluquer ses fesses bien bombées dans son pantalon chic. Il ne porte pas la cravate. Il m'explique qu'en temps normal, c'est obligatoire, mais puisque personne n'est au bureau aujourd'hui... J'approuve. En baissant la tête. Nous nous arrêtons dans un espace restreint, où se trouvent ordinateur, classeurs et dossiers. Un trois mètres carrés séparé par des paravents qui se multiplient sur tout l'étage. Debout, j'examine le bureau de travail vide d'un autre employé et ainsi de suite dans une répétition qui semble se perdre à l'infini.

—Je sais, je sais... On a l'impression d'être dans un *sweatshop* en Chine tellement c'est gros.

Je ne dis rien. Francis s'assoit sur sa chaise et consulte ses courriels comme si je n'existais pas. Je patiente, le cœur battant. Je ne sais pas quoi faire. Pourtant, c'est un rituel que je connais... mais c'est la première fois que je le vis dans un environnement aussi étonnant. Francis met du temps à lire un message et j'en profite pour observer ses cheveux courts fraîchement coupés. J'aurais envie de glisser un doigt sur cette nuque offerte, simplement pour voir si je peux provoquer sa chair de poule. À son apparence, je devine qu'il s'entraîne quelques fois par semaine. Il prend soin de lui. Il sent bon, un parfum de luxe, un parfum qui doit définir son côté sportif et travaillant. La parfaite odeur pour un homme de trente ans.

Il se retourne enfin, laissant voir une chemise entrouverte sur un torse imberbe. Il vient tout juste de se déboutonner. C'est vrai qu'il fait chaud, et je commence à le ressentir avec mon manteau sur les épaules. Je le dézippe, le retire, mais ne sais pas où le déposer. Francis se lève, le prend et le lance sur un classeur. Son assurance est magnifique. Je songe déjà à l'homme parfait, car je me sens inutile à côté de lui. Cette condition me va bien. Je suis probablement l'être le plus inutile sur Terre.

— Où sont les toilettes ?

Francis fait semblant de ne pas m'avoir entendu, puis il lève enfin les yeux vers moi. Des yeux noirs, qui sont aussi opaques que l'édifice dans lequel j'ai eu tant de difficulté à pénétrer.

— Il faut sortir du bureau et je dois te donner le code de la porte pour revenir. Tape « 4512 » et tourne la poignée. Tu t'en souviendras ?

— Oui... je crois bien.

Francis recule sa chaise contre le classeur. De cette façon, il emprisonne mon manteau. C'est peut-être une manière de s'assurer que je reviendrai vraiment.

Je quitte le cubicule et retourne vers l'entrée du bureau, me promettant de ne jamais travailler dans un endroit pareil. La solitude, l'isolement, ce n'est pas pour moi. Ou peut-être que si, car je m'y connais bien depuis un an. Pour l'instant, je réponds encore à des clients imbéciles dans une Caisse ; il faut bien arriver à faire le minimum, à payer les dépenses mensuelles.

Je trouve les toilettes au bout du couloir, loin des ascenseurs. Je croise un concierge, deviens nerveux, mais agis comme si je connaissais l'endroit. Évidemment, je n'ai pas le costume, mais ça passe quand même.

Dans une cabine, j'urine difficilement. Je n'ai pas vraiment envie. C'est la nervosité qui presse ma vessie déjà vide. Je sors, me regarde dans le miroir près du lavabo, me rappelle que je suis presque le seul à savoir que mes deux incisives centrales sont en fait de fausses dents. Mon cerveau reprend du service. Qu'est-ce que je fais ici ? Qu'est-ce qui m'a poussé à accepter cette offre ? En avais-je réellement envie ?

— Affronte. Affronte, merde !

Je me lance une grimace dans la glace, puis me lave les mains, mais le savon du distributeur est tellement gluant qu'il tombe directement dans l'évier. Je hausse les épaules et prends du papier pour m'essuyer. C'est l'heure de retourner dans ce monde étrange. Je l'ai cherché, c'est moi qui l'ai voulu. Et, tout à coup, le visage de Luc se dessine face à moi, dans le miroir. Je le chasse, secoue la tête, replace mes cheveux bruns avec un peu d'eau, évitant ainsi de fixer mes pommettes roses.

Devant la porte, je doute. Est-ce « 4215 » ou « 4512 » ? J'essaie trois fois avant de trouver la bonne combinaison. La porte s'ouvre sur la pièce silencieuse. Je longe le couloir, toujours à l'affût d'une présence. Peut-être que certains employés ne sont pas en congé et sont revenus ? Peut-être qu'on me ment ?

Mais il n'y a personne. J'entends à peine Francis tapoter sur son clavier. En fait, il n'écrit plus. Lorsque je reviens vers le cubicule, je reste dubitatif quelques secondes. L'homme que je suis venu voir a déplacé mon manteau et est adossé au classeur. Complètement nu, il masturbe son sexe déjà bandé. Je ne peux m'empêcher de le fixer et, comme si je répondais à un appel à l'aide, je m'approche et m'agenouille devant la courbe de chair. Francis me lance un regard mêlé de mépris et d'encouragement. Il semble me dire : « Tu la veux ou pas ? T'es là pour ça, après tout ! »

Et effectivement, je ne peux m'en offusquer. C'était le plan. Dès le départ. Un petit manège déjà arrangé, un scénario écrit à l'avance.

Le tapis est dru et difficile pour les genoux, mais je l'ignore et glisse ma langue sur ce sexe turgescent. Ça y est. Mon rôle est clair. Je fais ce que je sais le mieux faire. Je m'applique sur cette longue tige. Mes réflexions n'existent plus. Mes lèvres sont violées par le rythme des hanches de cet étranger ; il lance quelques soupirs en rejetant la tête vers l'arrière. Il contrôle, devient maître, tout-puissant ; et ça m'excite, car je lui offre ma gorge comme si ma vie en dépendait. Je ne me déshabille pas, ne me touche pas. Je suis là pour plaire, pour satisfaire, pour accomplir mon travail.

Cet inconnu est un fantasme vivant. Il s'éloigne du classeur et exige que je le suive à quatre pattes. J'obéis. Nous nous dirigeons vers un bureau plus luxueux. Il s'agit probablement de l'espace de travail d'un directeur important. Je laisse dériver mon regard par les grandes fenêtres qui laissent pénétrer un soleil éclatant. Le port de Montréal se dévoile sur le fleuve Saint-Laurent. Un grand bateau traverse les eaux. J'imagine qu'il transporte une cargaison d'or ou de fer, mais je n'ai pas le temps d'y réfléchir, car le sexe de Francis se retrouve encore au bord de mes lèvres. Il faut recommencer à sucer, masser ses couilles crispées par l'excitation. Cinq minutes qui me paraissent des heures, mais je suis patient. Il y a des choses qui ne changent pas. J'aime ce que je fais. Je crois que je suis né pour ça.

Bien vite, le bureau du directeur ou du vice-président de l'entreprise se vide de son contenu. Des feuilles virevoltent dans les airs et on dirait une pluie de papier blanc. Francis ne parle pas, mais dirige avec ses biceps gonflés. Il descend mes jeans, juste assez pour que mes fesses s'exposent.

— T'es prêt, salope ?

Je ne réponds pas. Je le laisse faire. Il me baise. Sauvagement. Sans égard pour les documents autour de nous. J'encaisse les coups en gémissant. Je sais très bien que c'est ce qui excite les étrangers. Depuis un an, je connais ce monde et ces manœuvres.

Je fixe le bleu du ciel par la fenêtre, il n'y en a plus pour très longtemps. Francis accélère la cadence, haletant, puis il se retire, me pousse sur les genoux. Je reprends son sexe en bouche, jusqu'au râle profond, viril et syncopé. Je reçois sa jouissance en plein visage. Son souffle se fait court, le plaisir traverse son corps ; une grande vague, une moyenne, une toute petite, puis la noyade finale. Soubresauts.

J'ai réussi mon pari. J'ai satisfait un homme. Un parmi tant d'autres.

Je connais la suite des choses. L'inconnu s'éloignera, remontera son pantalon, boutonnera sa chemise et déclarera qu'il est temps de partir. C'est toujours ainsi, comme si l'histoire se réécrivait chaque fois. Il peut y avoir quelques variations dans le regard, mais les hommes sont identiques. Dès qu'ils ont joui, il est temps de passer à autre chose. Je me relève, remonte mes jeans et effleure d'une main la chevelure de Francis. Il lance un sourire en posant un doigt aux commissures de ses lèvres. Il veut me montrer qu'il a apprécié... de toute façon, il n'y a pas de doutes. Il me félicite, me dit qu'il n'a pas connu beaucoup de « putes » dans mon genre. J'accepte le compliment, on dirait une récompense. Ce sera ma seule satisfaction. Je me masturberai ce soir, en repensant à la scène, en brodant sur ce scénario original.

Dans mon esprit, j'imaginerai un partage, des baisers, une chimie et une attirance réciproque entre nos deux corps. Mais au fond de moi, je sais très bien que je verrai le regard de Luc. Il me complimentera sur ma docilité, me félicitera d'avoir ouvert mes jambes et ma bouche pour un homme. Je suis certain qu'il serait fier de moi. S'il vivait encore, il me dirait que je n'ai plus à choisir entre la soumission ou la domination. Il me dirait que j'ai enfin compris le rôle que l'existence me destinait. Satisfaire un homme. Peu importe lequel. Oui, voilà, c'est ce qu'il aurait voulu voir de moi. Et ce doit être ce qui explique mes rencontres avec certains de ses ex. Pour qu'ils me baisent. Comme si je pouvais aller rechercher une part d'âme chez les garçons que Luc a pénétrés ou aimés. Chercher une dernière trace de lui. Me rendre jusqu'à un studio de télévision du centre-ville, trouver son présentateur télé favori. Me souvenir de Luc, devant l'écran, excité de voir son « puppy » lire les nouvelles. Il le surnommait ainsi, désirant le dominer. M'abaisser aux pieds de cet animateur, prendre son sexe en bouche et me dire que Luc l'aurait souhaité. Penser qu'il me voit de là-haut, qu'il approuve mon geste et me remercie de le faire. Vivre selon les envies d'un fantôme.

Ce genre d'histoires se répètent et s'enchaînent depuis des mois. Que je sois dans mon salon, dans l'autobus, au travail, aux toilettes, au restaurant, dans un bar, chez des amis ou chez mes parents ; je reste connecté sur mon iPhone, à reluquer une dizaine d'applications où les hommes se dénudent sans tralala. Des inconnus qui ne cherchent qu'une bonne bouche ou un bon cul. Des gens qui mentent sur leur âge, sur leur poids, sur leur travail ou sur leur orientation sexuelle. Même si les échanges se font par texto, j'ai l'impression de pouvoir ressentir leur surprise lorsqu'ils se rendent compte que rien de tout cela ne me dérange. Ils peuvent être barbus, imberbes, petits, gras, squelettiques, ça ne m'importe pas. Tout ce que mon cerveau en alerte essaie de trouver, c'est un membre qui me remémorera la grande absence ; je le veux de la même grosseur, de la même longueur, avec un gland rosé identique, une odeur similaire. Je veux pouvoir retrouver cette tige chaude, oublier celui qui la contrôle et m'imaginer les mouvements de Luc, ses rires, ses mains, sa salive...

Au départ, puisque je n'avais jamais connu ce monde et ce genre de rencontres « planifiées », je m'en faisais pour mon physique : trop poilu, un petit ventre, encore et toujours ces joues rouges sur mon visage. Ma solution ? Cesser de me nourrir. Ouvrir la pharmacie dans la salle de bain et prendre une lame de rasoir neuve. Me débarrasser de tous ces poils inutiles sur mon torse. Me promettre de ne plus jamais croiser les regards de pitié que l'on a déversés sur moi le jour de l'enterrement. Plus question de me faire scruter ainsi, comme si l'on attendait que je craque pour me rassurer et me dire que j'y avais droit.

Me fixer dans la glace. Cracher sur mon reflet. Qu'importe les poches sous mes yeux, qu'importe le rejet par un inconnu trop con, qu'importe de me faire kidnapper en me rendant dans l'appartement d'un étranger... Quand on a trouvé l'amour, quand on a su qu'il existait vraiment, le perdre n'est pas le drame en soi. Ce qui fait mal, c'est de savoir qu'on ne retrouvera plus jamais cet amour. Plus jamais de la même manière. Jamais plus avec ce seul être. Quand ce fait nous martèle l'esprit, on peut se foutre du reste. En fait, les barrières s'écroulent. Il n'y a plus rien à perdre. Tout a déjà été perdu.

Pour m'aider à ne pas manger, j'ai invité le dealer qui venait souvent me vendre de la marijuana. Je fais toujours confiance à mon dealer. C'est lui qui observe ma mine et qui me dicte ce dont j'ai réellement besoin. Ce soir-là, ce devait être le début du printemps. J'ai acheté sept grammes de pot, puis je l'ai vu déposer deux cachets blancs sur mon bureau. J'ai secoué la tête en lui disant que l'ecstasy allait me donner envie de pleurer Luc. Il a hoché la tête, m'expliquant qu'il s'agissait des meilleures «vitesses» en ville. Je ne l'ai pas contredit, ça devait bien faire cinq ans qu'aucun speed n'avait frôlé la pointe de ma langue.

J'ouvre la porte du réfrigérateur pour y trouver quelques bières et un cendrier plein de mégots. C'est donc là qu'il s'est retrouvé hier. Je sautille sur place, pris d'une envie soudaine. C'est bon signe. Je vis toujours les mêmes douleurs au ventre quand l'amphétamine commence à faire effet. Je pense que c'est de l'amphétamine, mais après cinq semaines de consommation quotidienne, le dealer m'a avoué qu'il s'agissait plutôt de méthamphétamine. J'ai hésité une seconde en me souvenant des histoires d'horreur de psychopathes sous l'influence du *Crystal Meth* que j'avais vues à la télé, mais peu m'importait, j'en voulais encore.

Je m'assois sur la cuvette, toujours surpris par cette quantité de merde, même si je n'ai pas mangé depuis deux jours. C'est comme si mon corps rejetait du gras. J'ai perdu plus de quinze livres en quelques semaines, mais ce n'est jamais assez pour moi. Il faut fondre, fondre pour disparaître. Ne plus attirer l'attention.

Quand les amis ont commencé à souligner mes changements physiques, j'ai voulu éviter leurs questionnements. Il valait mieux dire que tout allait bien. Couper contact avec quelqu'un n'est plus aussi facile qu'il n'y paraît. J'ai dû laisser la ligne du téléphone décrochée, changer d'adresse courriel, trafiquer la sonnette de mon appartement. Il faut dire que j'avais des amis tenaces, prêts à débarquer chez moi au moindre signe de tristesse. Pourtant, en leur présence, je gardais mon sourire, je jouais le jeu de celui qui continue à avancer dans la vie, répétant des phrases vides de sens comme : «Rien n'arrive pour rien» ou «Ça va, ça va. J'ai déjà oublié les événements de l'an dernier». De jolis mensonges, des tonnes de mensonges. Ne jamais en parler. Plus jamais.

Ils ont fini par comprendre qu'il n'y avait rien à faire. Et quand ils se sont éloignés, j'ai pu recommencer ma vie. À neuf. Sans l'ombre du passé. Personne pour me rappeler la perte.

Pour éviter d'y réfléchir moi-même, mon nouveau régime est constitué de trois pilules. Une pour me réveiller le matin, à prendre avec une bière pour donner un peu d'espoir à mon ventre rempli de gargouillements. Une le midi, pour remplacer le dîner. Puis, une le soir, pour sortir dans les bars gais, pour avoir le courage de m'y rendre, d'attendre une proie aux toilettes et d'ouvrir la bouche dans une cabine sale et nauséabonde. Seul moment où il m'est possible de ne plus penser : quand un sexe pénètre ma gorge avec violence. Je peux enfin me concentrer sur la douleur, ressentir un mal différent, celui qui n'a rien à voir avec le nuage noir qui plane constamment au-dessus de ma tête.

Aujourd'hui, le patron de la Caisse m'a rencontré. Ce n'était qu'une question de temps avant de me faire virer. Il a osé parler de compressions budgétaires et de coupures en raison de la future fusion de deux Caisses populaires. Je lui ai ri au visage, puis j'ai avalé un cachet devant ses yeux. Il n'avait pas à en dire plus. J'ai défait le nœud de ma cravate, puis l'ai lancée dans la corbeille près de son bureau. Je suis sorti du bâtiment la tête haute, sans dire au revoir aux collègues, sans saluer les clients dans la file d'attente, ceux-là mêmes que je servais avec un sourire hypocrite depuis des années déjà.

À peine vingt-quatre heures après l'avoir rencontré, j'aurais voulu revoir Francis. Mais je connais bien la règle : quand on se voit pour du cul, ça reste du cul. C'est pourquoi, ce soir, à la veille d'une nouvelle année, je pars à la recherche d'une ixième conquête. On verra si mon corps arrive à supporter trois jours sans sommeil.

Je me prépare en vitesse : une douche rapide, un jeans trop grand qui tient grâce à une ceinture beaucoup trop longue et un t-shirt qui flotte sur mes épaules. Même s'il fait froid, j'ai toujours chaud. Ces pilules me font suer comme si je venais de faire deux heures d'exercices. Mais il y a bien longtemps que je ne m'entraîne plus. Sauf si on compte le sexe pour un sport.

À force de fréquenter le Village, on revoit toujours les mêmes visages. Mais au fil du temps, ces regards que l'on croisait avec dégoût deviennent notre seule valeur sûre. J'ai fini par me dire que tous les hommes bons étaient en couple exclusif. Il fallait donc prendre ce qui reste, les tristes miettes d'une triste vie.

Il est passé minuit lorsque j'entre dans le bar gai le plus populaire de Montréal. La foule n'est constituée que de jeunes entre vingt et vingt-cinq ans. Des « enfants » qui ne connaissent pas encore les souffrances que leur feront vivre leurs relations. Je les envie. J'aimerais pouvoir revenir en arrière, briser mes liens avec Luc et passer tout de suite à autre chose. Je lui aurais rendu service. Il vivrait probablement encore aujourd'hui, heureux de soumettre quelques garçons qui n'auraient plus rien à voir avec moi.

Je ne sais pas si c'est à cause de ma perte de poids, mais plusieurs regards se posent sur moi, sur mon corps qui devient de plus en plus pillé. Je crois que la technologie a tué toute trace de romantisme. Fini le temps où on allait prendre un café avec une nouvelle rencontre. Maintenant, on se suce avant même de connaître nos prénoms. Tout est une question de longueur de bite, de passif ou d'actif, de soumis ou de dominant. Et je joue le jeu comme les autres. Que faire de plus ? J'ai bien essayé de supprimer toutes ces applications, tous ces sites de rencontre, mais j'y suis revenu quelques semaines plus tard. Impossible de construire une liaison avec un homme à l'épicerie. Même dans le bar, ce soir, les jeunes préfèrent me contacter par écrit plutôt que de m'approcher directement. C'est une manière de se protéger ; il vaut mieux essuyer un refus virtuel qu'un refus physique.

J'enfile les bières, mais je n'arrive plus à ressentir l'effet euphorisant de l'alcool. Trop de pilules dans le corps. Je me faufile parmi les danseurs pour tenter de participer aux festivités, mais je n'ai pas la tête à la fête. Voir tous ces gens s'amuser me décourage et m'excite à la fois. Je quitte la piste de danse pour me rendre aux toilettes et je surprends deux garçons dans une cabine. Le bruit typique d'une ligne blanche que l'on renifle me parvient à l'oreille. C'est trop tard, ils se sont aperçus de ma présence et l'un des jeunes m'agrippe par le t-shirt. Je me retrouve presque nez à nez avec lui et j'ai le réflexe de tomber sur mes genoux, mais on m'arrête dans mon élan. On me propose une ligne. Aucune hésitation. Je prends le billet de cinq dollars que l'on me tend et je sniffe les cristaux blancs. L'effet est instantané ; un sourire stupide, le cœur qui palpite, la tête renversée vers l'arrière. Sentiment de victoire. Pas vécu ça depuis des mois. Les deux jeunes m'observent et rigolent. Ils sont identiques. On dirait des frères. Même coupe de cheveux, même chandail blanc, même jeans foncé. Je voudrais bien passer la nuit avec eux, dans le même lit, à me mentir, à les aimer comme j'ai tant aimé Luc.

Nous sortons de la cabine. Mon excitation s'est dissipée complètement. Je me sens surtout amoureux, amoureux d'un plaisir artificiel. Mais je m'en fous. Zéro culpabilité.

Un vieux succès de Madonna fait vibrer la piste de danse. Mes deux nouveaux amis jubilent et m'entraînent avec eux. Je ne réfléchis plus, je leur appartiens déjà, je les suivrai tant qu'ils voudront bien de moi. Nous dansons toute la nuit, je paie leur alcool en échange de quelques lignes. La vie devient simple. Un troc banal.

Vers trois heures du matin, j'apprends que ces jeunes hommes ne viennent pas de Montréal. Ils n'ont aucune place où dormir et je leur offre de venir terminer la soirée chez moi. Je paie le taxi, et dès que nous franchissons la porte de mon appartement, la tension sexuelle augmente d'un cran. Nous continuons à consommer de l'alcool et de la poudre, comme de vraies épaves échouées sur le divan de mon salon. Ils sont beaux, je les désire, je voudrais les servir. Ils se mettent à l'aise, m'offrent la vue de leurs corps imberbes. Paradis. Je m'installe entre eux. Pour les lécher. Et lorsqu'ils rient sous les chatouillements de ma langue, je ris avec eux.

— Tu me sembles être un bon plan, toi!

Je secoue la tête, le visage collé sur le torse d'un de mes invités. Personne ne bande, et on m'explique que c'est tout à fait normal avec le mélange « alcool et coke ». Je voudrais leur confier que je ne bande plus depuis bien longtemps, mais j'accepte la situation en silence. La dernière ligne est partagée en trois et, à cinq heures du matin, il ne reste plus rien. Je propose des cachets de speed, mais ils refusent. Ils préfèrent dormir un peu. Après une douche à trois, nous nous retrouvons au lit. J'ai une petite pensée pour Sarah et

Sébastien. Me revoilà en trio. Pour une histoire d'un soir, certes, mais cette idée me fait sourire. Je ferme un œil, et bien vite, le sommeil m'engloutit. Je me réveille bien un instant, car j'entends du bruit, mais ce doit être l'un des garçons qui vomit aux toilettes.

Lorsque j'ouvre les yeux, la noirceur règne dans la chambre. Silence. Je me tourne de part et d'autre, mais aucune trace des mes nouveaux amis. De violentes nausées me prennent aux tripes. Je n'ai rien à vomir.

À genoux, en simple boxer devant la cuvette, je ne comprends pas tout de suite ce qui se passe. Je tente un timide « hello ? » mais n'obtiens aucune réponse. En regardant l'horloge sur le mur de la cuisine, je me rends compte qu'il est passé vingt heures. J'ai dormi une journée entière.

Je m'assois sur le divan du salon, songeur. La réalité me frappe : le téléphone intelligent a disparu. L'ordinateur portable aussi. J'essaie de me remémorer la veille, mais je n'arrive même pas à dessiner un portrait des deux garçons qui se sont invités chez moi. Ils ont pris la marijuana, les speeds, l'argent comptant sur mon bureau et même mes cigarettes. Je me mordille une lèvre. C'était trop beau pour être vrai. Pourtant, mon premier réflexe est de hausser les épaules. Ce n'est pas grave. Il n'y a plus rien de dramatique. Je ne vis aucune frustration, aucune tristesse. Je m'y attendais. Le karma me punit pour avoir tué un homme indirectement. J'accepte le sort. J'appelle Léo d'un sifflement, mais aucune réponse. Après deux, trois essais, ma panique s'accentue. Je me lève d'un bond. Non. Qu'ils prennent tout, mais pas lui. Pas Léo, l'unique souvenir de Luc. Le seul indice de son passage dans ma vie.

Mon corps tressaute, pris de spasmes inconstants. Je dois arrêter mes recherches pour retourner vomir de la bile dans la toilette. Je me relève vite. J'appelle, je siffle, je crie. Aucune réponse. Non. Tout, mais pas ça. J'ouvre les garde-robes, les armoires vides de la cuisine. Je pense à la sécheuse ou la laveuse ; une mauvaise blague cruelle. Je fais les cent pas dans le couloir, regarde sous le lit et le divan. Où est-il ? Comment a-t-il pu se laisser kidnapper sans me prévenir ? Ce n'est pas le chat le plus discret, pourtant.

— Léoooo ? Léo ! Viens ici !

Rien. Le vide. Le silence. Les larmes me montent aux yeux. Je vérifie dans la douche, dans le réfrigérateur, dans le congélateur, derrière les rideaux... Aucune trace.

On sonne à la porte. Je reste figé sur place. Faire le mort. Ne pas répondre. Ce doit être Thomas ou Dana qui s'inquiètent. Depuis qu'ils filent le parfait bonheur en couple, je me suis retiré de leur vie, pour ne pas détruire leur relation, pour éviter de leur montrer que ça ne sert à rien.

La sonnette retentit une nouvelle fois. Je m'assois sur le divan, ne bouge plus d'un poil. Je ne peux pas croire que le seul souvenir de Luc soit disparu. Je veux mourir. Trente secondes s'écoulent. Puis, la sonnette s'excite à répétition ; coups de poing sur ma porte d'entrée.

— JE NE SUIS PAS LÀ !

Je hurle, pleure, n'arrive pas à croire que j'ai été si con. Mais rien n'arrête l'agression sonore de cette foutue sonnette. À quoi bon ! Je me lève, me dirige vers la porte. J'ouvre avec violence, si bien que le poing de Sarah passe près de me frapper le torse. Regard surpris. S'il y a bien quelqu'un que je ne m'attendais pas à voir, c'est elle. Entre mes jambes, Léo, qui devait s'être faufilé sur le balcon, revient dans l'appartement en courant et en crachant. Un soupir s'échappe de mes lèvres.

Je me tourne pour tenter de voir si mon chat est blessé, mais Sarah ne m'en laisse pas le temps. Dans ses bras, un petit être se tortille. Elle me tend la chose vivante d'une manière brutale, pour s'en débarrasser. Hurlements.

— Tiens. Prends-le. Il s'appelle Mathis.

Je garde mes mains le long du corps, interrogateur. Sarah s'avance. Avec un bébé et un sac sport qui m'a l'air de peser une tonne.

— Qu'est-ce que tu veux ?

Je n'ai pas oublié son rejet lors de notre dernière rencontre. Je voudrais qu'elle tourne les talons et me laisse tranquille avec Léo. Elle ne voulait plus me voir, qu'elle disparaisse ! Mais elle tient le bébé dans les airs, à bout de bras, comme un chiffon sale. On dirait qu'elle me menace de le laisser tomber d'ici quelques secondes.

— Il est à toi. J'en peux plus. C'est ton tour. J'ai besoin d'un *break*. Ma mère est trop loin pour le prendre.

Je lui lance un regard méprisant, lui dis de s'arranger avec ses problèmes. Je n'ai rien à voir là-dedans. Elle m'ignore et continue de parler.

— Tu as tout le nécessaire pour quelques jours. Mais je te garantis pas la date de mon retour.

Je ne réagis pas, et elle en profite pour me saisir une main et lâcher le petit être. Je ne peux que le retenir si je ne veux pas d'un carnage sur le plancher. Elle ose s'approcher encore, pour donner un léger baiser sur le front de cette chose qui se tortille.

— Sarah ! Je comprends rien ! Pourquoi je t'aiderais ? T'arrives vraiment pas dans un bon moment.

Elle se met à rire aux éclats, puis retient ses larmes dans un hoquet. Elle me dit qu'elle vit un « mauvais moment » depuis cette naissance.

— C'est pas mon problème ! Écoute, je t'aiderai une autre fois. Mais pas là.

Elle reste muette, une seconde.

— C'est le tien.

Devant ma surprise, elle tourne les talons, referme la porte et descend les escaliers qu'elle a montés dix minutes plus tôt. Une image me frappe... Je la revois, frustrée, jeter un bac de recyclage sur une fine neige.

Mais le bébé qui hurle dans mes oreilles me ramène vite dans le couloir sombre de mon appartement. Je reste debout, les bras pleins, refusant l'idée qui clignote dans ma tête. Ça n'a aucun sens. Elle a dû en baiser un autre qui s'est sauvé. C'est impossible. Elle se sert de moi. Elle m'utilise.

Je m'attarde sur le visage du poupon; sa peau est rougie par le froid. J'enlève la petite tuque jaune qu'il porte, et ses yeux me parlent, me regardent, effrayés. Ce sont les iris de Sarah. Il n'y a pas de doute.

La tête posée près de mon cou, le petit homme continue à crier dans mon oreille gauche. Un coup dans l'estomac me fait tourner la tête. Ma gorge s'étrangle. J'essaie de ravaler la bile qui me sort par les lèvres, mais je finis par la cracher par terre. Léo vient sentir cet étrange liquide. Il se frotte contre mes jambes, essaie de se réchauffer, puis retourne lécher le glaviot sur le sol.

— Non! Touche pas à ça!

Je le pousse légèrement du gros orteil. Il miaule, chigne, me fait très bien comprendre sa frustration : c'est lui qui devrait se faire flatter dans mes bras présentement.

Que faut-il faire lorsqu'on perd le contrôle de sa vie? Comment réagir quand l'équilibre sous nos pieds se met à vaciller?

Il doit être minuit. C'est à mon tour d'appuyer sur une sonnette à répétition. Debout, devant une porte, un bébé au creux de l'épaule, une cage de chat dans la main gauche...

Lorsqu'elle me voit, elle comprend tout. L'heure n'a aucune importance. Elle semble heureuse. Des mois se sont écoulés depuis notre dernier souper. Que peut-on faire d'autre quand on s'est coupé du monde, quand la vie n'a plus d'intérêt et que le vide profond s'empare de nous ?

Les larmes glissent de manière continue sur mes joues. Des ruisseaux silencieux. Car je n'ai aucun mot. Incapable d'exprimer toute la désorientation, toute l'incompréhension qui m'étouffent.

— Maman...

C'est tout ce que mes lèvres arrivent à prononcer. Qui d'autre qu'une mère pour comprendre ? Pour reprendre le contrôle ? Je voudrais qu'elle me gifle, me secoue, me violente. Qu'elle me réapprenne à aimer.

2020

I never told you about the summer
Every day was changing
Only photographs
But life goes on
In your mind so warm

Out on my own now
And I like the way it feels
You couldn't come through
And I'm too far gone

After the fall
Do you still want it all?

After the Fall – Norah Jones

Devant le vaisselier, je me tourne vers la grande fenêtre qui laisse passer les puissants rayons d'un soleil vainqueur. Cette luminosité naturelle me fait sourire. Je tente de contenir l'excitation qui tord mes tripes. J'ouvre la porte vitrée et saisis les assiettes de porcelaine chinoise qui s'y trouvent. Elles ne servent que pour les grandes occasions. De retour vers la cuisine, je l'entends entrer dans la maison. Son t-shirt blanc et ses shorts bleu marine sont trempés de sueur. Lorsqu'il me tourne le dos, un grand cercle mouillé couvre la descente vers ses fesses. Je m'approche, place une main derrière sa nuque et le force à m'embrasser. Il a toujours détesté les rapprochements après la course, mais je m'en fous. Il finit par détacher ses lèvres, puis me lance : «OK! Shower!»

Je le laisse filer, reprends mes assiettes et les place une à une sur la longue table de la salle à manger. La pièce est divisée en deux; d'un côté la cuisine, de l'autre, derrière l'arche, une belle salle où l'on peut recevoir plus de quinze convives. Je sais qu'à leur arrivée, je serai fier de leur présenter l'endroit. Pour l'instant, j'essaie de ne pas y penser. Il faut faire le souper, et je n'ai pas voulu d'aide de la part de

Brian. Il m'a proposé d'engager un traiteur, mais je savais bien que la nourriture ne serait pas comme au Québec. Je lui ai dit de me laisser faire, ce qu'il a accepté d'un hochement de tête avant d'aller courir une xième fois. Parfois, j'aimerais avoir sa volonté de parcourir tous ces kilomètres à pied, mais je sais déjà que je n'arriverais pas à m'entraîner plus de quinze minutes, à bout de souffle. Même si j'ai arrêté de fumer depuis dix ans.

J'aperçois Léo se faufiler entre mes jambes pour retrouver son panier dans le salon. Je n'arrive pas à croire qu'il s'adapte si bien ici. Avec le temps, son pelage s'est assombri, mais il reste toujours aussi agité et sur ses gardes. Je me sens dans le même état. Au départ, je n'étais pas convaincu. La peur de revivre en couple, de me faire rejeter. La distance, l'abandon ; l'idée qu'on ne se souvienne plus de moi, qu'on m'oublie parce que mon absence prend toute la place. Et la peur de ma langue. De sa perte. Disparaître dans un épais brouillard aux accents anglophones.

J'ai pris de l'assurance depuis.

Quand ma mère m'a sermonné sur ma décision de quitter le pays en 2010, je me suis senti coupable. Puis, elle s'est ravisée, me lançant : «Je te laisse trois mois. Maximum.» J'espérais que Sarah se manifeste avant mon départ et, effectivement, à peine deux jours après être débarquée chez moi, elle était revenue chez mes parents pour chercher Mathis avec une culpabilité repentante, embarrassée de l'avoir «abandonné» ainsi. Ma mère l'avait vite rassurée, lui racontant comment elle avait voulu me tuer trente jours après ma naissance. Trop de cris, de pleurs, de hurlements, et cette petite voix constante qui semblait lui dire qu'elle ne réussirait plus jamais à obtenir un peu de silence. C'est là que le père prend toute son importance.

Pourtant, je suis parti. Malgré la vérité. Père absent, père ingrat. Mais père qui voulait se soigner. Un billet d'avion vers la France ; il fallait y voir plus clair, retomber sur mes pieds. *Guérir.*

J'ai débarqué à Paris. Pas de destination précise. Voir du pays, me promener pour comprendre que ma place était maintenant auprès de mon fils. Quand j'ai quitté mes parents pour me rendre à l'aéroport, je leur laissais un petit-fils et un chat. J'ai vu la lumière dans les yeux de ma mère. Elle venait de recevoir ce qu'elle espérait depuis qu'elle me portait dans son ventre.

Sébastien ne m'a pas cru. Il a bu son verre de vin d'une traite, comme si la fin du monde était à nos portes. Je lui ai montré des photos, mais il ne voulait rien entendre. Il n'arrivait pas à visualiser Sarah me « larguer » son enfant de cette façon. Je ne lui en ai jamais voulu.

Ce soir-là, dans le lit de sa minuscule chambre au grenier, Sébastien m'a fixé d'un regard sévère. Il m'a retiré mon verre de vin pour le remplacer par un bout de pain.

— T'es squelettique, mec. C'est dégueulasse !

Je lui ai répliqué que je voyageais léger, parce que j'en avais lourd sur le cœur. Mais il avait raison ; il fallait recommencer à manger, me forcer à reprendre le cours d'une vie normale. Sans cachet. Sans obsession.

Après une semaine à Paris aux côtés de mon ancien amant, j'ai décidé de continuer le voyage à l'aveuglette. J'ai regardé les prix des trains, et l'idée d'aller revoir Nice m'est apparue comme quelque chose d'essentiel. Une grave erreur. Me retrouver dans la ville qui m'avait accueilli quinze années auparavant n'avait rien à voir avec la projection que je m'en faisais. Là-bas, j'ai tourné en rond quelques jours avant de prendre un avion vers le Portugal. Besoin de me sentir dépaysé, de ne surtout pas associer de souvenirs aux histoires passées. Il me fallait un terrain inconnu, quelque chose qui allait bousculer mes idéaux, modifier ma conception de ce que signifiait « vivre ».

À mon arrivée à Lagos, j'ai tout de suite su que j'avais trouvé l'endroit parfait pour me poser, pour réfléchir à la suite des choses. J'ai loué une villa à un prix dérisoire, puis je suis sorti dans le « centre-ville » pour y boire à en perdre la raison. J'ai marché le long de la plage, le regard vitreux et la tête vide. J'ai pensé à me jeter dans l'océan, la noyade aurait été très rapide, mais je n'avais plus envie de mourir. Je voulais me faire peur. Avec la conscience qu'un petit être attendait de me connaître.

Une voix américaine m'a alors interrompu, me demandant si j'allais bien. Il faisait si noir que je ne distinguais pas de visage. J'ai tenté de répondre, mais avec toute cette boisson dans le sang, je sautais du français à l'anglais dans la même phrase. Un rire. Pour apercevoir enfin des dents blanches et éclatantes, puis une forme floue. Un homme. Je lui donnais vingt-cinq ans. Mais tout cet alcool rajeunit.

J'ai dû prendre appui sur son épaule pour m'aider à remonter les pentes rocheuses. Je continuais à parler en bon québécois, car je savais qu'il ne comprenait rien aux mots qui sortaient de ma bouche. Je lui ai lancé qu'il était mon sauveur, que sans lui je serais peut-être déjà en train de flotter au loin. Il s'est remis à rire, même s'il ne pigeait rien. Quand il m'a demandé si j'habitais dans un hôtel près d'ici, je me suis tu. Son parfum, sa présence, sa force et toute cette vodka ne faisaient qu'augmenter mon désir pour son corps.

Il m'a ramené dans sa chambre du village, où j'entendais les fêtards hurler leur bonheur et leur tristesse. Dès qu'il m'a déposé sur le lit, je me suis mis à ronfler comme un ivrogne.

Le lendemain, il m'a réveillé, un expresso à la main. J'ai avalé le liquide sans le questionner, puis je lui ai dit que c'était la première fois que je buvais du café.

— Really ?

Il n'en croyait pas un mot. Et pourtant, c'était la réalité. J'ai toujours détesté le goût du café, et encore plus ses effets excitants. Ironique pour quelqu'un qui avalait des speeds comme des bonbons.

Je me suis mis à parler sans arrêt, toujours dans un franglais étrange. Et plus je m'enfonçais dans mon monologue, plus je le trouvais beau. Sa barbe de quelques jours, ses dents propres, sa petite chemise bleue lignée ; une simplicité charmante.

Il a commandé deux déjeuners à faire livrer dans la chambre. Nous sommes sortis sur le balcon pour fumer une cigarette. Je me suis excusé, lui expliquant que je n'avais aucun contrôle quand je buvais. En fait, je n'avais plus de contrôle, point. Il m'a souri, m'a dit que j'étais probablement l'être le plus drôle qu'il avait rencontré ici. Je lui ai demandé ce qu'il faisait au Portugal. Il a montré une certaine hésitation avant de me répondre qu'il était en voyage d'affaires. Je n'ai pas osé poser plus de questions. Je me sentais bien à ses côtés et j'aurais voulu que l'instant se poursuive toute la journée. Il était très tactile, attentionné. Difficile de savoir si c'était par habitude ou si je lui plaisais. J'ai tenté le coup. Un léger rapprochement. Mon visage vers sa nuque, puis vers ses lèvres roses et gonflées.

Nous avons fait l'amour. Rien à voir avec la violence de Luc et de tous ceux qui l'avaient suivi. Il dégageait un côté entreprenant et excitant, mais il prenait son temps, me pénétrant avec délicatesse, s'assurant de mon plaisir avant le sien. J'ai débandé plusieurs fois. Par incompréhension. Un homme pouvait être tendre, me traiter d'égal à égal. Sur le moment, je ne savais pas si j'aimais ça. Il me semble que j'aurais bien fumé un joint, avalé un comprimé ou bu comme la veille.

J'ai toujours recherché les brutes, ceux qui m'utilisaient comme une merde. C'était devenu une forme d'excitation. Plus on me rabaissait, m'humiliait et me forçait, et plus la jouissance était forte. Mais les expériences de voyage nous permettent d'ouvrir nos horizons.

Je suis resté deux mois au Portugal. De courts allers-retours entre ma villa et sa chambre. L'océan, son odeur salée, beaucoup de vin, et son corps mince contre le mien... mais qu'est-ce qu'il pouvait bien faire ici ? Son mystère me gênait. Il me semblait préoccupé par son travail, mais il s'organisait toujours pour me voir en soirée, pour me faire l'amour partout ; dans la chambre, sur le balcon, sur la plage. Il y avait si longtemps que je n'avais pas ressenti cette fusion avec un autre. On aurait dit que je volais la place d'une femme ; voilà ! Je me sentais comme l'imposteur qui importune un homme d'affaires, qui le dérange dans ses plans. Pourtant, chaque fois que je le retrouvais à son hôtel, je devenais sa perle, cet unique grain de sable qu'il avait choisi après de méticuleuses recherches, l'élément clé qui le faisait revenir à la réalité. Il me disait que la construction est un domaine féroce, un endroit où il vaut mieux montrer son hétérosexualité. Il aurait pu me raconter n'importe quoi ; tant qu'il me revenait vers vingt heures, j'étais aux anges.

Quand il m'a dit qu'il quittait Lagos pour retourner dans le coin de New York, à Hoboken, j'ai ravalé ma salive, sachant très bien que le temps des adieux s'annonçait. Mais non. Il voulait me revoir, il voulait quelque chose de solide, et cette demande si distincte : « I want you with me. I promise you that I will give you the space to write. Just come with me. » Puis ma réponse, si cruelle : « L'amour ne dure pas. Nous sommes tous des êtres insupporta-bles qui ne peuvent vivre ensemble. Je me suis promis de ne plus jamais aimer autant qu'avant.» Il ne compre-nait pas tout, mais m'avait lancé un « So what ? Let's do it, anyway.»

J'ai fini par le suivre.

Le carillon de la porte d'entrée se fait entendre, et des pas de course dévalent les escaliers du deuxième étage.

— Mathis ! On ne court pas !

Je le vois passer dans le corridor du salon et le rictus joyeux sur son visage m'indique qu'il ignore mon aver-tissement. Puisque j'ai les mains dans l'eau savonneuse de l'évier, je le laisse faire. Je saisis un linge à vaisselle pour m'essuyer et des voix familières me parviennent aux oreilles. Mathis semble sautiller sur place en criant « grand-maman », et une boule d'émotion me remonte dans la gorge. J'arrive dans le vestibule pour observer les acco-lades ; mon fils qui s'accroche à ses grands-parents qu'il n'a pas vus depuis six mois.

Le visage de ma mère s'illumine et elle s'approche pour me serrer dans ses bras. J'embrasse aussi mon père sur les joues. La poignée de main virile et distante n'existe plus depuis longtemps. Ils sont ici, ils ont fait le voyage de la rive sud de Montréal jusqu'au New Jersey. Brian a payé leurs billets d'avion. Je sais que ça lui a fait plaisir. Et je le constate quand il vient vers eux pour les saluer. Il s'est habillé en conséquence ; une chemise blanche et un veston noir. Il sent bon. J'aurais envie de l'embrasser maintenant, mais je garde toujours une petite gêne devant mes parents.

Avec le temps, j'ai compris que la famille était très importante pour Brian. Il faut dire qu'il n'a jamais connu la sienne. Au début, j'avais peur de lui avouer la présence de Mathis, mais il m'a rassuré, m'offrant toute l'aide financière nécessaire pour me permettre de le voir. J'ai appris qu'il n'avait jamais rencontré son père, mais qu'il avait hérité de son entreprise de construction. Un élément logique pour expliquer qu'il se foutait de son argent. Je me suis souvent senti coupable d'en profiter, mais il a mis les choses au clair, m'avouant qu'il cherchait un homme exotique comme moi. Je n'ai pas trop compris ce que j'avais de si exotique, outre ma langue. J'ai mis du temps à lui faire confiance. Toujours cette peur de l'abandon. Et, en prime, des années de distance. Lui, en banlieue de New York, et moi, sur mon île à Montréal.

C'était essentiel de rester là-bas. Pour me soigner. Me réapproprier ma personnalité. Éliminer toute forme d'artifice récréatif. Cinq ans de thérapie. À analyser la recherche constante de la présence d'un homme mort. À éviter les réflexions de culpabilité et d'autopunition. Et, le plus difficile : m'éloigner du souvenir recréé grâce à la marijuana. Un écran de fumée parfait pour rester dans mes pantoufles, celles d'une vie disparue, celles d'un moment fixe qui ne reviendrait plus ; fumer pour retrouver l'impression de brouillard et de plaisir partagée avec quelqu'un qui arrivait à me flatter de la bonne manière pour que je réponde à ses ordres. Passer de longues heures à essayer de comprendre l'excitation ressentie en laissant le contrôle à l'autre. Se demander si l'on est un sous-homme ; une personne qui n'aurait pas le même statut qu'un humain « normal ». Devoir réapprendre ce qu'est le partage. Cesser d'avoir besoin d'être utilisé comme un objet ou un chien pour atteindre la satisfaction sexuelle. Des étapes, de tous petits pas pour en arriver à une certaine compréhension, pour prendre conscience que l'amour peut être toxique. Accepter le départ de l'autre. Pour de bon. Tourner le sens des voiles.

Je me souviens très bien de ma dernière rencontre avec le psy. Celle où il m'a dit que je ne pouvais plus faire attendre la vie ; je devais me lancer, saisir les perches tendues. Je me revois hésiter, demander à haute voix si mes blessures étaient vraiment cicatrisées. Me faire répondre qu'elles ne le seraient jamais tant que je n'accepterais pas un simple fait : le passé existe. Le passé existe et il doit rester là où il est.

Me retrouver à Hoboken, dépaysé par cette ville aussi riche que les plus beaux quartiers de New York. Devant les yeux humides de Brian. Entouré par ses bras forts et bronzés. M'installer chez lui, sur la rue Bloomfield. M'installer chez nous.

Depuis, vivre des moments d'allégresse, de peine, de grande joie, de découverte. Sentir la nostalgie, à l'occasion, et me questionner pour savoir où en serait Luc s'il vivait encore. Son travail ? Ses conquêtes ? Sa sexualité ? Ses infidélités ? Tenter en vain de repousser ces fabulations qui ne mènent nulle part, et devoir me résigner à imaginer une suite pour trouver d'autres réponses. Après quelques années de bonheur et de soumission, être convaincu que le même scénario se serait joué ; l'ennui devant cette facilité à me contrôler... Cette fois, Luc serait parti pour de bon. Je l'aurais probablement recroisé cinq ans plus tard, pour me rendre compte que l'intimité s'efface avec l'absence. J'aurais peut-être compris cet amour nostalgique pour une personne figée dans le temps. Nous aurions passé une heure ensemble comme deux inconnus qui n'ont plus rien en commun. Pour se souvenir du vide. Car la consommation élimine la plupart des souvenirs. Me rendre compte que, même s'il se trouvait toujours sur cette planète, Luc m'aurait quitté depuis longtemps.

Puis, revenir à la réalité. Le présent des hauts et des bas, des chicanes et des déceptions. La rupture, suivie de la réconciliation. Chaque nouvelle relation contient son lot de souffrance, c'est inévitable. Mais je n'ai jamais abandonné Brian. Il fallait trouver ma place. Cesser de considérer les amis de mon homme comme mes amis par défaut. Pour rebâtir quelque chose de solide, je me devais de sortir de la maison. Prendre des risques, affronter la vie active comme un exilé qui recommence tout à zéro. J'ai trouvé du travail dans une librairie du centre-ville d'Hoboken. Vivre la proximité des livres, rencontrer d'autres passionnés, et m'étonner devant la curiosité si forte de certains Américains pour ma langue. J'ai alors compris l'exotisme que Brian voyait en moi.

J'ai fini par donner des cours privés de français pendant l'automne et l'hiver. Je ne le faisais pas pour l'argent. Plutôt pour développer des liens humains, pour me prouver que tout était possible, mais surtout pour me rappeler que je n'appartenais pas à un homme ; il m'accompagnait autant que je pouvais le soutenir. Éliminer ma servitude. Trouver l'équilibre. L'amour n'est pas acquis ; il ne doit jamais l'être. Seul le doute mène à la séduction.

Aujourd'hui, je m'amuse de voir Brian parler en français. On ne peut pas dire qu'il ne se force pas. Mathis essaie souvent de lui apprendre de nouveaux mots et, étrangement, c'est toujours au lit, en pleine séance d'intimité, que mon homme me sort des trucs illogiques qui me font décrocher et éclater de rire. La nuit dernière, ça sonnait à peu près ainsi : « Toi aimer ça, mon amour ? Oui ! Je sentir les contractions de your ass ! Tu es une bonne belette ! »

— Une belette ? What the fuck ?

Et de le voir se sentir mal, par peur d'avoir dit une grosse connerie. C'est charmant.

— Wow ! Vous êtes bien installés !

Ma mère s'extasie en visitant chaque pièce de notre condo sur trois étages. Elle est venue au New Jersey deux fois l'an passé ; à Noël, alors que le salon et la cuisine manquaient de décoration, puis une semaine en juillet dernier. Maintenant que je vis ici, j'ai pu ajouter ma touche personnelle, faire de cet endroit une place accueillante, car Brian n'en avait pas l'intérêt ou le temps. Quand j'en parle, je trouve que c'est péjoratif. Je voulais un homme. Un vrai. Je ne me considère pas comme une femme pour autant. Plus maintenant. Peut-être avant, quand Luc me pénétrait avec violence, et que je n'avais rien à dire, à l'image de toutes celles qui se font battre et gardent le silence.

Une chose est certaine, je n'aimerai plus jamais de la même façon. Par crainte de perdre. Mais j'ai compris que l'on se quitte toujours un jour ou l'autre. Inutile de vouloir se le cacher. Pour l'instant, Mathis a une maman et deux papas. Point final.

J'ai à peine le temps de servir un verre de vin à mes parents que la sonnette carillonne encore. Cette fois-ci, je vais répondre avant Mathis, et je trouve Thomas et Dana sur le pas de la porte. Mon cœur bondit. Ça doit faire deux ans que je ne les ai pas vus. Je sais qu'ils ne sont plus en couple, que les choses ne se sont pas bien passées entre eux, mais je suis heureux qu'ils puissent encore se fréquenter sans animosité. La preuve, ils sont venus en voiture ensemble jusqu'ici.

C'est la première fois qu'ils voient où je vis. Je me sens nerveux. Il y a tant de premières, ce soir. Je me demande même si tout le monde va réussir à bien s'entendre. J'ai peur des discussions, peur qu'on me demande comment se déroule mon deuil, qu'on veuille souligner les « dix ans »… S'il y a une chose que Brian ne veut pas entendre, ce sont bien des conversations sur la disparition de mon ex. Il n'arrive pas à montrer une once d'empathie. Je ne compte plus le nombre de fois où il m'a dit, le plus sérieusement du monde : «He's reaping what he sowed», comme si Luc avait payé de sa vie pour la façon dont il m'avait traité à une certaine époque. Je sais que c'est ridicule. Mais je le comprends. Après tout, il a longtemps été en compétition avec mes histoires de fantômes.

Ma mère embrasse Dana avec affection. Elle a toujours trouvé cette femme extraordinaire. D'ailleurs, je ne comprends pas ce qu'elle fait encore célibataire. Même si elle ne fréquente plus Thomas, j'ai cette impression qu'ils nous mentent, qu'ils ne disent pas tout. Je les imagine très bien se retrouver au petit matin, faire l'amour et se promettre que c'était la dernière fois. C'est toujours la dernière fois. J'ai connu cette rengaine.

Revoir Dana, c'est aussi me rappeler de ses paroles dures ; des mots fracassants, choisis pour m'ébranler. C'est un peu grâce à elle si je me suis libéré de Luc. Quelques jours avant que je parte en Europe, je me souviens qu'elle m'avait attendu jusqu'à quatre heures du matin, assise dans les marches de mon escalier, dehors. C'était la seule façon de me croiser, puisque je ne rappelais personne. Elle m'avait fait jurer d'être chez moi, le lendemain. Je ne comprenais pas trop pourquoi, et elle n'avait rien expliqué.

Le jour suivant, alors que je croyais à un tête-à-tête avant mon départ, elle est arrivée avec Thomas et Juan. J'avais préparé des fajitas, pour leur faire croire que je mangeais encore, et tout se passait dans la bonne humeur, jusqu'à ce qu'on s'assoie devant le souper. Le discours de Dana m'a semblé sortir de nulle part. Il avait des airs préparés et planifiés, je l'ai compris par la suite. Elle a commencé par une phrase typique, du style : «Je te regarde aller là, et...» Je me suis mis à rire pour la faire changer de ton, mais personne ne souriait autour de la table.

— On s'inquiète, Gab. Non, on ne s'inquiète plus, on est en criss. Regarde où on en est ! Charlotte adore ses nouveaux cours de cuisine ; Juan et moi, on vient de rentrer à l'université ; on a tous des buts, même Joko, malgré sa main ; il a trouvé le bonheur avec sa blonde et son nouvel emploi. On te regarde aller, et tu dépéris. Non, c'est pas le bon mot ! T'as accepté ton sort. Tu vis dans l'ombre de ton ex. De tes ex, même ! Et ta solution, c'est de partir ? De te sauver ?

Elle me fixait avec sévérité, d'un visage que je ne lui avais jamais connu auparavant. Juan et Thomas restaient muets, presque surpris de cette violence dans ces mots. Je tentais d'expliquer que j'avais besoin d'air, pour réfléchir, pour me replacer pour de bon. Ça ne passait pas.

— Luc est mort. Oui, Gab. Il est mort. Non, c'est pas de ta faute. Arrête de te détruire pour quelqu'un qui n'existe plus.

En quelques secondes, mon cœur s'affolait dans ma poitrine. Je ne savais pas comment répliquer, si bien qu'elle continuait à parler, encore et encore.

— T'as du talent, Gab. Je crois en toi, en ton écriture, en tes capacités. Mais tant que Luc va te rester dans tête, tu n'y arriveras pas. Il faut que tu fasses ton deuil, pour de bon.

Debout, elle m'avait pris la main pour que je la suive. J'étais près des sanglots.

Dans ma chambre à coucher, elle pointait un cadre sur le mur. C'est vrai, il était là. Un portrait de Luc avec Léo. Dans ma bibliothèque, d'autres photos défilaient aussi sur un cadre électronique : Luc à la pêche, Luc aux pommes, Luc à son anniversaire... Chaque soir, je m'endormais entouré de dizaines de visages qui n'en représentaient qu'un seul.

Quand elle s'est mise à décrocher le cadre du mur, j'ai demandé à Dana ce qu'elle fabriquait. Elle m'a répondu qu'elle faisait ce qu'elle aurait dû faire depuis bien longtemps.

— Où est ta boîte de souvenirs ?

Je n'ai rien dit.

— Je sais que t'en as une. Avec les lettres échangées quand t'étais en France, avec des photos, et les DVD de cul aussi.

Elle savait tout. J'étais incapable de lui cacher quoi que ce soit. Elle connaissait les moindres détails de ma relation avec Luc, même les vidéos pornos qu'il m'offrait par Internet alors que je vivais à Nice.

J'ai fini par ouvrir ma garde-robe et lui présenter deux boîtes lourdes. Il y avait quelques mèches de ses cheveux, son parfum, ses films préférés, ses vieux disques, ses photos, son chandail taché de sang…

Elle s'est emparée des boîtes, sans même en analyser le contenu, puis elle s'est mise à y entasser le cadre de verre, mais aussi le cadre électronique qu'elle venait de débrancher du mur. Juan et Thomas restaient silencieux dans le chambranle de la porte. On aurait dit qu'ils n'étaient que des gardes du corps, prêts à m'empêcher d'arrêter Dana. Je me suis énervé.

— Prends *toute* ! Vas-y ! Détruis tous les souvenirs. Ça ne chassera pas ma peine !

— Est-ce que j'ai tout ?

Ce ton froid, si sec. Je ne l'aurais jamais cru capable d'un tel contrôle.

—Tu veux peut-être la table de nuit et la télé qui lui appartenaient ?

Elle a hésité, puis a hoché la tête vers mes deux autres amis. Avant que je ne puisse comprendre ce qui se passait, ils étaient dans le salon pendant qu'elle vidait les tiroirs de mon meuble de chambre.

— C'est fini, Gab.

Thomas et Juan ont soulevé la vieille télévision. Je tentais de fixer mon meilleur ami dans les yeux, mais il baissait la tête, soumis aux désirs de Dana. Ils ont ensuite traîné la table de nuit vers la porte arrière de l'appartement, puis ils l'ont sorti sur le balcon. Ils semblaient un peu désemparés.

Dans la cuisine, le repas, à peine touché, était devenu froid. En un claquement de doigts, les deux boîtes remplies de souvenirs dans les mains, Dana a exigé qu'on jette la table de nuit au-dessus de la rampe du deuxième étage. J'ai fermé les yeux, mais n'ai pu éviter d'entendre le fracas du bois contre le sol.

Pour le téléviseur, Thomas a préféré le descendre dans ses mains, histoire d'éviter d'attirer l'attention à cause du bruit. J'aurais voulu le pousser, crier, hurler mon désaccord, mais je savais que ça ne servait à rien.

Quand tout s'est retrouvé sur le bitume de la ruelle, les gars semblaient essoufflés, mais surtout dépassés par les évènements. De l'étage, on aurait dit un petit carnage, des restes d'un déménagement qui s'est mal terminé.

Dana m'a tendu mon verre de vin, puis est allée fouiller dans un tiroir de la cuisine. Thomas a posé sa main sur mon épaule, signe que je devais descendre. Je l'ai suivi, machinalement, bouche bée devant tant de détermination. En bas, en plein Montréal urbain, mes amis ont placé la télévision sur les morceaux de bois fendus et fissurés de la table de nuit. Thomas s'est absenté un moment pour aller chercher quelque chose dans sa voiture. Lorsqu'il est revenu, il tenait un bidon de plastique.

J'ai tout compris.

Au lieu de le faire elle-même, Dana m'a tendu le briquet à barbecue qu'elle avait déniché dans mon tiroir de cuisine. Juan s'est mis à déverser l'essence sur le matériel.

— C'est le temps, Gab.

J'ai voulu répliquer, parler de la police qui pourrait se pointer, mais Dana m'a coupé la parole.

— Ton souvenir, c'est Léo. C'est seulement lui qui pourra te rappeler Luc. Et compte-toi chanceux, si c'était pas un chat, on le brûlerait aussi !

Je me revois, le briquet à la main, tremblant devant la pression d'en finir. Et Dana, placée derrière moi, me glissant à l'oreille : « T'es capable. L'amour sera toujours là. Le reste peut mourir. » Je me suis mis à pleurer, le doigt enfoncé sur le briquet à barbecue. La flamme n'a pris que quelques secondes avant de grandir. Juan m'a tendu les deux boîtes des restes de Luc. Figé devant le feu de bois et de vieux plastique, j'ai timidement approché le plus gros cadre. Luc, tout sourire, avec Léo dans les bras. Un moment de grâce, un moment unique où la construction de notre famille prenait son sens.

J'ai regardé le cadre s'enflammer, l'image se calciner, le souvenir s'effacer. J'ai vidé mon verre de vin d'un coup sec. Le feu s'est animé, prêt à en recevoir plus. Mes jambes n'ont pas tenu. Je me suis écroulé sur le sol, devant l'image d'un Luc heureux, déguisé en pirate pour l'Halloween. J'ai préféré ne pas regarder les autres objets. La boîte s'est retrouvée dans les flammes. Tant de passé à détruire, tant de mémoire à raturer. Thomas s'est enfin inquiété de la police qui pourrait se manifester. Dana lui a répondu qu'elle paierait l'amende si on se faisait prendre. Quand j'y repense, ce n'est pas une contravention banale qui nous aurait été infligée. Si des agents nous avaient vus, nous aurions probablement un casier judiciaire pour pyromanie aujourd'hui. Mais je m'en foutais bien sur le moment. J'observais plutôt les cheveux de mon amour s'embraser, hypnotisé par la dernière partie de son corps à s'évanouir dans le brasier.

L'écran de télévision a fini par abdiquer dans un craquement de verre. Une ruelle comme tant d'autres, un feu unique. Et personne pour arrêter le massacre. J'ai ravalé ma salive, puis j'ai volé le verre de vin de Juan. Une grande gorgée, avant de lancer la deuxième boîte.

J'ai l'impression que Thomas a pris un coup de vieux. On vieillit tous, certes, mais on ne s'aperçoit jamais des changements chez les autres avant de les revoir après quelques années d'absence. Je suppose que je m'inquiéterai toujours pour lui. Il est un peu le jeune frère que je n'ai jamais eu. Je me souviens qu'en 2013, avant que je quitte le Québec pour de bon, nous avions partagé un repas arrosé avec Joko. Les trois inséparables du secondaire, les seuls qui s'étaient fait la promesse de ne jamais s'oublier ou s'ignorer. Même si la vie avance, même si les parcours se séparent, je garde cette espèce de fierté, ce plaisir d'avoir respecté un pacte de jeunesse, le seul peut-être qui tienne encore.

Brian est heureux de parler avec Dana. Ils se sont croisés quelquefois seulement, mais il se souvient très bien de leur discussion enflammée. En anglais. Thomas essaie de suivre, mais je sens que cette différence de langue l'irrite. Il se tourne vite vers ma mère pour lui demander comment se passe la retraite. Mon père, lui, est assis sur le divan du salon, Mathis sur les genoux. Celui-ci lui présente son nouveau jeu vidéo portatif. C'est fou comme il a les yeux de Sarah, mais tout le reste de son visage est une copie conforme de moi à dix ans.

Je lance un soupir satisfait. Il m'aura fallu du temps avant de comprendre que c'est tout ce qui compte ; la famille, l'amitié.

On cogne encore à la porte d'entrée. Cette fois-ci, Joko, Juan et Charlotte pénètrent dans le vestibule. Les voix s'élèvent pour les accueillir. Mon amie est en beauté ; cela doit faire des années que je ne l'ai pas vue porter une robe. Encore moins quelque chose de blanc. On dirait presque une nouvelle mariée. Elle s'est enfin décidée à retirer le piercing adolescent qui traînait sur ses lèvres. Elle a bien changé depuis qu'elle ne fréquente plus Sunny. La relation aura survécu deux ou trois années après les événements dramatiques du jour de l'An. Avec le temps, j'ai compris que son ex n'avait rien à voir avec cette histoire. Qu'elle ait connu le tireur ou les deux clans, peu importe... Un règlement de comptes peut éclater dans n'importe quel contexte. Il y a toujours quelqu'un dans la mire, au mauvais endroit, au mauvais moment.

Joko me tend la main. La main droite, bien sûr. Dès que je pose le regard sur son bras gauche, je revois une balle se planter dans sa chair et son hurlement me revient comme un écho dans les montagnes. Il va très bien. En quelques secondes, j'apprends que sa femme est enceinte et qu'ils s'installeront dans un bungalow à Repentigny. Il s'est cherché longtemps, tellement longtemps qu'on ne pensait plus qu'il trouverait sa voie un de ces jours.

C'est au tour de Juan de s'avancer vers moi, mais je le sens distrait.

— Ça m'étonne ! Léo ne me crache pas dessus !

Il le cherche du regard, puis se met à imiter les miaulements d'un chat avant de lancer « *El puto gato de los cojones !* » Le rictus sur ses lèvres me fait hocher la tête en riant.

— Il ne viendra sûrement pas te voir. Il doit se souvenir de toi !

Il me serre dans ses bras, une accolade bien sentie qui dure un bon moment. Il a toujours été très tactile en amitié. Je me souviens de soirées où l'on pleurait carrément ensemble ; déçus de notre existence, de nos objectifs irréalisables, de ces rêves de jeunesse qui nous quittent chaque fois qu'une année s'ajoute.

Alors que je sers des verres de vin aux derniers invités, je récapitule les éléments du souper dans ma tête. La dinde est au four, les patates sont en train de bouillir, la sauce peut attendre et la salade reste à faire. Tout va bien. Je peux enfin jeter un coup d'œil à cette réunion, observer le bonheur des visages, être témoin de la bonne entente de cette dizaine de personnes qui m'ont suivi sur le chemin de ma vie.

Ils ont fait ce voyage pour moi, pour me voir. Jusqu'à la dernière minute, j'étais certain qu'il y aurait des absents. On perd tous des amis en cours de route, c'est tout à fait normal. Je pensais que la nouvelle copine de Juan le garderait à Montréal, ou que Joko suivrait sa femme dans sa belle-famille. Il faut croire que non. Ces retrouvailles sont une belle excuse pour nous revoir. Je sens qu'avec mon départ, cette grande famille ne se côtoie plus aussi fréquemment. Enlevez un élément d'un groupe, et tout le monde disparaît peu à peu. Je refuse. Je m'accroche. Ils sont ici. Un peu par curiosité aussi, point essentiel à toute bonne comparaison humaine, mais je ne sens aucune malice chez ces gens que je connais bientôt depuis deux décennies. Je suis étonné de voir cette fusion si naturelle entre mes parents et mes amis. Je sais bien que tous ceux qui ont connu ma mère et mon père m'ont toujours dit qu'il s'agissait d'êtres extraordinaires, mais c'est beau de les voir interagir.

Je vais retrouver Brian à la cuisine, pendant que tous s'amusent des discours franglais de mon fils dans le salon. Il est toujours sur les genoux de mon père, mais il vient de comprendre qu'il avait un auditoire.

— Are you OK ?

Je m'approche de mon homme, l'embrasse, glisse mon nez vers sa nuque.

— I've never been so happy !

Il me lance un air vexé, mais je sais qu'il blague.

— You should practice your French, babe !

— I'll try. But I'm afraid I'll sound stupid...

— Don't. You know that my friends and my parents love you.

Il me lance son plus beau regard.

— Yeah ! I know. I am pretty lovable, aren't I ?

Je fais semblant de le gifler. Et tout de suite, ses mains baladeuses se promènent sur mon corps, près de la fourche de mon jeans. Il m'aime tellement que j'ai encore de la difficulté à l'accepter par moments.

Lorsque tous ont pris place autour de la table, Brian remarque ma déception. Il pose une main sur ma jambe, et j'essaie de lui sourire du mieux que je le peux. Il connaît la raison de ma contrariété. J'essaie de suivre la conversation autour de la table, mais tout ce que j'arrive à faire, c'est de passer les plats de patates et de légumes. Je jette souvent un coup d'œil à la porte d'entrée, mais en vain.

Même s'il est assis avec nous, j'ai fait manger Mathis avant les autres. Il a bien protesté, me présentant les balbutiements d'une crise d'adolescence qui allait éclater d'ici quelques années, mais en ce moment, il est heureux de se lever de table et de retourner à ses jeux vidéo dans le salon. Pour lui, nous sommes déjà devenus de vieux adultes qui radotent des histoires du passé. J'ai parfois envie de le prévenir, de lui dire de profiter de sa jeunesse qui sera loin de durer toute l'éternité, mais je préfère sourire et encaisser. C'est vrai, il nous reste moins de temps.

Avec mon fils dans l'autre pièce, il est maintenant plus facile de profiter des dernières nouvelles qui arrivent à profusion. Dana est devenue chef syndicale d'une grande boîte de communication, Thomas s'est ouvert sa propre entreprise de construction, Juan est avocat environnemental et Charlotte travaille dans l'un des restaurants les plus réputés de Montréal. Je pourrais envier leur vie, la jalouser même, mais il n'en est rien. Je m'étonne de cette sagesse, et je comprends qu'elle est en grande partie due à Brian. Il faut réaliser ce qui nous plaît. Se tourner vers l'avant et détruire les regrets. Accepter que la vie soit une longue suite de départs et d'arrivées. Se féliciter d'avoir rencontré tant de gens magnifiques, remplis de culture, prêts à discuter de n'importe quoi sans tabous. J'aime ceux qui ont une opinion sur tout. Je ne les trouve pas hautains, au contraire, je sais qu'ils ont vécu, qu'ils ont voyagé et qu'ils ont aimé.

La sonnette retentit une nouvelle fois, et je me lève d'un bond, submergé d'espoir. Derrière la porte d'entrée, un homme et une femme. Lui, je ne le connais pas, mais je l'accueille avec le sourire. Et, dès que Sarah pose le pied dans le vestibule, Mathis lance un cri et court vers sa mère. Je tends la main à son copain, le serre presque dans mes bras. Il n'a pas l'air de vouloir être ici, entouré d'inconnus, mais je suis tellement heureux de la présence de la mère de mon fils que je ferais tout pour que son nouvel amoureux se sente chez lui.

Tous remarquent bien la gêne de Sarah lorsqu'elle arrive dans la cuisine, mais ils se taisent, attendant les premiers mots qu'elle soufflera.

— Je vous présente Martin.

Et, en chœur, mes amis accueillent les nouveaux arrivés. Ma mère se lève pour embrasser mon ancienne copine. Mon père aussi. Ils ont toujours eu cette relation fusionnelle avec Sarah, ce plaisir de la voir et de partager un repas avec elle. Et ça ne ment pas, car mon ex-copine a déjà les larmes aux yeux, flattant la tête de Mathis accrochée à ses hanches.

Brian revient de la cuisine avec d'autres couverts. Je les installe près de nous et, en un clin d'œil, la conversation reprend de plus belle. On a droit à tous les éléments clés de nos vies ; toutes ces saouleries, ces étranges *trips* de drogue, ces fêtes sans fin.

Mes amis s'enflamment dans leurs discussions, et ça me rappelle quand nous avions vingt ans, à nous sentir maîtres de nos rêves, à penser que tout était possible.

J'en profite pour me tourner vers Sarah, pour observer son visage qui ne semble pas avoir vieilli d'une miette malgré les années.

— Comment tu vas, chérie ?

— Ça va, ça va. Je pense que j'ai trouvé le bon.

Son copain Martin est trop bombardé de questions pour entendre ce que l'on dit.

— Je suis content pour toi.

— Moi aussi... Pour toi, je veux dire. Ton Brian a l'air parfait.

— Ah... tu sais, la perfection n'existe pas. Faut apprendre à apprécier les défauts de l'autre !

Elle hoche la tête, me décochant son premier sourire de la soirée. Elle commence enfin à se détendre. Je la revois encore venir chercher Mathis, envahie par un sentiment de honte. Honte d'avoir abandonné son enfant, d'en avoir eu assez, de ne pas avoir été capable de l'entendre pleurer un jour de plus. Mais je sais qu'elle est une excellente mère. Elle a toute ma confiance. Nous avons réussi à trouver une entente qui nous convient. Mathis passe Noël et les vacances d'été ici. Ce coup de main permet à Sarah de construire son nouveau couple, de planifier du temps de qualité, car je sais très bien que ce n'est pas toujours facile d'imposer un enfant à quelqu'un. Je sens même une certaine reconnaissance chez son nouvel amoureux. Le fait que je sois en couple avec un homme doit le rassurer aussi. Il n'a rien à craindre si Sarah passe des moments avec nous, des soirées entières à refaire le monde, presque comme ces scènes vécues il y a plus de quinze ans.

— Te souviens-tu, Gab, quand tu nous emmenais *raver*?

Si je m'en souviens... J'ai l'impression que c'était avant la vraie vie. Avant la fin de mon trio. Avant même de croiser Luc. Et avant de me perdre dans le lit de tant d'hommes. Une existence presque vierge, sans coups durs, dans le plaisir, avant l'orage, les drames et les bifurcations.

Évidemment, il suffit de parler un peu du passé pour s'enfoncer dans les cachets, la fumée ou la poudre pour certains. Dana nous rappelle son petit détour à l'hôpital en raison d'excès, Juan nous parle de ses problèmes de tremblement et Thomas avoue avoir flirté avec le Jack Daniel's et les antidépresseurs. Mais tout ça est loin derrière.

Je ne compte plus le nombre de bouteilles de vin débouchées sur la table. Et je reste agréablement surpris, car personne ne se lève pour aller fumer pendant le repas. Nous avons tous réussi à cesser la cigarette. Ce ne fut pas facile de mon côté. Après un long séjour en Europe, fumer devient une habitude presque inévitable. Même Juan, le plus grand fumeur du groupe, a dû cesser. Je ne peux qu'être fier de nous.

— Demain, je veux visiter New York!

Dana a consommé beaucoup d'alcool et le ton de sa voix augmente d'un cran. Près d'elle, Thomas l'observe, le désir dans les yeux. J'imagine déjà leur balade du lendemain, devant le soleil qui se lève ou se couche, peu importe, je prédis qu'ils finiront dans le même lit avant la fin de leur semaine de vacances. Ils sont tous les deux libres, ils ont réussi à s'éviter depuis mon départ, mais je ne suis pas dupe. Thomas a coupé contact avec Dana parce qu'il souffrait trop de la voir s'épanouir sans lui. Je ne peux pas lui en vouloir, même si je me rappelle leurs airs joyeux lorsque je leur avais fait promettre de ne jamais m'abandonner si j'avais besoin de mes deux meilleurs amis en même temps. On ne peut pas tout contrôler. Heureusement, leur amour pour moi est plus fort que leurs anciennes histoires incomplètes. La preuve ; ils sont ici, ce soir.

— Alors, Gab ? Comment avance le roman ?

Pour une fois, tout le monde se tait. On entend seulement le bruit du jeu vidéo de Mathis au salon.

— What did he ask ?

Pauvre Brian ! Il faudrait vraiment que je lui donne des cours de français plus poussés. Mais pour une fois, ça m'arrange qu'il ne comprenne pas. Je me racle la gorge et réponds directement à Joko.

— Ça avance. Le premier jet est presque terminé.

— C'est quoi l'histoire ?

Toujours cette question affreuse. Comment résumer l'écriture d'un roman en une seule phrase ? Acte impossible, qui finit toujours par frustrer un auteur, car qui pourrait résumer sa vie en une seule phrase ? C'est la même chose pour un livre. Je tente tout de même le coup.

— C'est un livre sur le deuil. Sur le deuil et sur l'amitié. Sur la perte de contrôle provoquée par la drogue. Avec une conception bien personnelle des relations humaines, de cette espèce de penchant inconscient entre la domination et la soumission de l'homme... Ce ne sera sûrement pas le succès du siècle, mais je l'ai écrit pour me libérer de mes démons. Je ne serai peut-être jamais un grand écrivain. J'ai trop besoin de vivre la vie pour écrire. Mais je m'en fous...

Personne n'ose se mouiller pour relancer une question. Dans le regard aimant de ma mère, je perçois une étincelle ; je suis certain qu'elle pourrait décrire de longues parties de ce roman. Elle doit penser que tout ça la concerne. Que je décris textuellement son processus d'acceptation. Pourtant, elle n'a pas à rougir. Elle a bien eu certaines réticences à accepter l'homosexualité de son fils, mais c'est une mère parfaite à présent.

Un élan me pousse à me lever. Je saisis l'excuse du verre de vin vide de mon père pour remplir la coupe de mes parents, pour me pencher vers eux et les serrer contre moi. Les années filent, le temps devient une source épuisable, et j'en suis conscient. Si je n'ai qu'un souhait, c'est celui de pouvoir voir mes parents vieillir en compagnie de mon fils. Brian m'a souvent proposé de les inviter à venir vivre à Hoboken. Mais ils sont encore en santé et en forme. Ils ont leurs projets, leurs amis et de la famille à Montréal. Je trouverai le bon moment. Quand ce sera le temps.

Le copain de Sarah s'est fait un nouvel ami autour de la table. Joko, passionné de hockey, est en grande conversation avec lui. Pendant qu'ils discutent, Sarah m'aide à desservir. J'ai demandé à Dana d'occuper Brian en lui parlant en anglais. Il lui indique les meilleurs endroits à visiter à New York, lui propose la vue typique des magazines au sommet de l'Empire State Building, mais Dana s'intéresse surtout aux comédies musicales sur Broadway.

— Est-ce que tout est OK avec Mathis ?

— Oui, tout va bien, chérie. J'avais surtout peur que tu sois trop gênée pour venir nous voir...

— C'est plutôt Martin qui était craintif... Mais quand je lui ai dit que le billet d'avion était payé par ton chum, il a fini par abdiquer !

— Tant mieux !

Je m'approche d'elle pour la serrer dans mes bras. Elle dégage le même parfum qu'elle portait lors de notre première rencontre. La seule femme capable de me procurer une sensation étrange au ventre. Parfois, l'idée folle de lui proposer de faire un autre enfant me passe par l'esprit. Mais je me retiens, car ce serait injuste pour sa nouvelle relation.

Charlotte arrive dans la cuisine, timide, comme si elle dérangeait une conversation entre adultes. Je ne peux que poser ma main sur sa robe blanche, pour la toucher, pour m'étonner du chemin parcouru par cette jeune fille hippie et naïve rencontrée il y a si longtemps, devenue la belle femme qui se trouve maintenant devant moi.

— Je me suis un peu perdue. Tu peux me dire où sont les toilettes dans ton château ?

J'éclate de rire en criant le nom de Mathis. Ce dernier rapplique, jeu vidéo à la main.

— Tu peux montrer à Charlotte où sont les toilettes ?

Il prend la main de mon amie, comme un vrai gentleman. Je ne crains pas d'en faire un homosexuel. En fait, je n'ai rien à craindre. Qu'il soit gai ou non n'a aucune importance. Mais je peux déjà voir l'attrait dans ses yeux, ce désir envers les femmes avec lequel j'ai jonglé si longtemps dans ma jeunesse.

De retour à la table avec une énorme bûche de Noël, j'avertis mes convives que je ne suis pas celui qui a réalisé l'exploit. C'est Brian qui s'est chargé d'aller chercher le dessert. J'ai toujours été incapable d'exécuter cette science complexe qu'est la pâtisserie. Et tant mieux pour mon ventre. Je laisse mon père couper des parts. Et, pendant que les assiettes circulent d'un convive à l'autre, je lève mon verre en l'honneur de cette fête du jour de l'An qui nous fera passer en 2021 d'ici quelques minutes.

— J'aimerais porter un toast. À vous tous. Au plaisir que vous me faites d'être réunis à ma table ce soir, et pour la semaine entière. Plus de quinze ans que l'on se connaît... Et je ne croyais jamais qu'on allait être réunis pour la fin de 2020. Merci d'être dans ma vie. Même si on ne se voit plus régulièrement, je sais que je pourrai toujours compter sur vous.

— On t'aime, Gab !

Ils le disent en chœur, tous un peu éméchés par l'abondance du vin. Je pourrais avoir dix ans en moins, et je penserais la même chose.

Les verres se cognent, les rires fusent et les gens sont décontractés. On ne se rend pas tout de suite compte qu'il est déjà passé minuit, et c'est Mathis qui l'annonce, en courant pour nous presser d'ouvrir les cadeaux.

— Bientôt... bientôt, Mathis !

Tout le monde est debout et s'embrasse, se souhaitant santé, joie, bonheur et argent. J'observe Dana et Sarah se parler, sans rancœur, comme deux inconnues qui se rencontrent pour la première fois. Thomas me glisse à l'oreille qu'il est fier de moi, que ce prochain roman sera sûrement celui de la totale libération. Et je songe alors à Luc. J'aurais pu le saluer dans mon discours, mais je n'y ai même pas pensé. La seule présence de Léo, à mes pieds sous la table, m'a suffi.

La semaine se déroule aussi vite que prévu. Dana et Thomas terminent leurs vacances dans le même lit. Je ne pose aucune question, mais je vois bien que la chambre de mon meilleur ami reste inoccupée. Juan et Charlotte nous remercient de les avoir accompagnés dans leur promenade sur la Waterfront Walkway. Ils ont adoré la vue de New York. Ils ont pu admirer ce que j'observe chaque matin en allant travailler.

Après avoir discuté un peu plus avec Martin, je comprends que Sarah a enfin trouvé un homme bien. Je sais qu'elle n'abandonnera plus jamais Mathis dans mes bras, mais elle sera toujours heureuse de le voir s'épanouir et pratiquer son anglais ici durant la saison estivale. C'est quand même difficile de voir son fils repartir du New Jersey en tenant la main d'un troisième papa qu'on ne connaît pas beaucoup. Il faut faire confiance. Je le reverrai à Pâques, au Québec. Il me racontera tout.

Quand mes parents quittent le pas de ma porte, valises à la main, je ne peux m'empêcher de leur proposer de venir finir leurs jours près de nous. Brian s'arrangera pour leur dénicher une maison pas trop loin. Mon père pourra enfin planter des fleurs et s'occuper d'un grand jardin. Ma mère profitera du temps avec son petit-fils pendant les étés.

Puis, c'est au tour de Juan, de Charlotte et de Joko de se retrouver sur le pas de la porte avec leurs bagages. Je leur fais promettre de revenir le plus tôt possible. Je voudrais rencontrer ceux qui partagent maintenant leur quotidien. Dès qu'ils auront envie de décrocher de Montréal, nous serons là pour les accueillir. Après tout, il n'y a que six heures de route qui nous séparent.

Brian me serre par la taille quand je dis au revoir à Thomas et à Dana. Il comprend toute ma douleur de laisser partir les autres et de ne plus jamais les suivre. Je leur souhaite de se retrouver, d'accomplir ce qu'ils attendent l'un de l'autre depuis de nombreuses années. Mon meilleur ami hausse les épaules, me dit que je ne le sais peut-être pas encore, mais «le pouvoir appartient aux femmes». Je fais jurer Dana de bien s'occuper de lui. Elle me sourit, un sourire niais, comme celui d'une femme qui se sent amoureuse pour la première fois. Je pourrais parier que l'an prochain, Mathis aura un nouvel ami avec qui jouer.

Après quelques jours de silence dans un condo trop grand pour nous, je fais part de ma tristesse à Brian. Il me rassure, me dit qu'il est normal de ressentir un vide après tant de bonheur. J'acquiesce, le regard morne. Puis, mon amour devient sérieux. Il se force à parler en français.

— J'ai... je crois avoir... mauvaise nouvelle pour toi.

Je m'accroche à la rampe d'escalier, pensant que c'est la fin. Ici. Maintenant. Il va me laisser, se rendant compte que mes amis et ma famille me manquent trop. Je ravale ma salive, attends des paroles dures et destructives.

— Follow me...

Je le suis sans poser de questions. Nous entrons dans notre chambre à coucher. Je tente de chercher un indice ; des valises, des vêtements empilés pour signifier son départ, peut-être même une pièce ravagée et vide de tout ce qui m'appartient, mais rien n'indique l'annonce de son abandon. Il veut peut-être que je parte en silence, sans faire d'histoires ? Cette idée me fait paniquer. Mes yeux deviennent humides.

Brian ouvre la porte de notre *walk-in*. Je ne saisis pas tout de suite. Je cherche ses bagages... sans trouver. Puis mon regard se pose sur Léo ; couché en boule sur un tas de chaussettes, les yeux fermés. Je me penche pour le flatter. Et je comprends. Une petite boule de poils froide et crispée, un cœur jadis rapide qui a cessé de battre. Un sommeil profond, en paix.

J'éclate en sanglots. Puis, je me mets à rire.

— Je croyais que tu me laissais.

— What ? I'd never do that to us. You know that, right ?

Je hoche la tête, puis l'enfouis au creux de son aisselle.

— I guess he is with Luc, now.

C'est la première fois qu'il prononce son nom. Sans animosité.

Il a raison. C'est au tour de Luc de retrouver son chat. À moi de faire mon deuil. Le deuil, ce grand mot qui m'effraie ; il est fait depuis longtemps. Luc sera toujours là. À sa façon. Un moment éclair, une allusion, un grain de sable égaré.

Je me penche pour prendre la dépouille de Léo, caresse son beau pelage beige et roux. Un baiser sur sa tête, un dernier câlin près de ses grandes oreilles. La preuve d'une histoire terminée, le signe d'un amour disparu depuis plus de dix ans. Et aucune peur. Aucune honte.

Accepter. Simplement.

Brian relève mon menton et plonge son regard dans le mien. Il me serre contre lui. Même si je tiens un animal mort dans mes bras. Puis il me demande ce qu'on va faire du petit corps. On l'enterrera... plus tard. Pour l'instant, je n'ai qu'une seule envie. Qu'il me fasse l'amour. Qu'il me fasse oublier. Vivre un orgasme. Pour me rappeler toutes ces années qui m'ont amené ailleurs. Pour me souvenir que, même à trente-huit ans, je ne connais encore rien de la vie. Je traînerai probablement les mêmes angoisses jusqu'à la fin. Des images du passé à la fois envoûtantes et toxiques. Quelques cicatrices. Et puis... la vérité me semble tout à coup si simple : on ne ressort peut-être jamais indemne de sa propre existence.

sept. 2009 – fév. 2014

At the end of the world
Is there a path for my words
For you to reach them

I'm seeking another you
In every eye I'm running
through
See me, I'm standing

Do you see me burning
Nothing has a name
Everyone is allaying
And I'm still on the train

On the edge of our wound
Dawn has given me a room
Where I can crumble

Foolish scenes of the night
I saw your face in the light
There you were smiling

I hope you don't fear the dark
Now that no beats rule
your heart
Anymore

Please don't you fear the dark
Just embrace the stars
Now you're part of the night
You'll be safe in their light

The red clouds in the evening
When the sun meets the moon
Birds waltzing in the morning
I know it's all from you

The red clouds of the evening
When the sun meets the moon
Birds waltzing in the morning
I know it's all from you

I guess you've tried
I know you've tried

Aaron – Embers

REMERCIEMENTS

On n'écrit jamais vraiment seul, même si on se cloître dans une pièce. Et c'est tant mieux. Merci...

À Guillaume, pour cette suggestion qui allait tout changer, une contrainte toute simple ; le jour de l'An.
À Nicolas Pomerleau, pour toutes ces nuits blanches à réfléchir au destin de ce livre.
À Anna Kriz, pour ta patience et ton optimisme devant mes colères et mes excès de joie littéraires.
À Sophie Collard, pour tes conseils éclairés sur la toxicomanie.
À Aimée Verret, ma « fée magique », la première à y avoir cru.
À Louis-Michel Guénette, pour ton œil artistique et toujours juste.
À Nicolas Gendron, pour ta place de premier lecteur et de confident.
À Mathieu Blanchard, pour ta vision cinématographique et ta compréhension si aiguisée de la psychologie de mes personnages.
Et à Chantal Morin, pour l'audace d'avoir accepté ce récit.

Je voudrais également remercier Frédéric Bouchard, Éric Clément, Philippe Schnobb, Robert Bourdon, Émilie Vincent, Catherine Lorion, Marilou Bernier, Jean-Philippe Richard, Lili Gagnon, Antoine Portelance, Margaux Davoine-

Ousset, Philippe Franche, Jade Tousignant, Pierre Cavale, Annie Primeau, Marilyne Houde, Simon Bernier, Élisabeth Simpson, Yannick Cadot, Alexandre Trudel, Michael Wall, Barbara E. Wells, Dany Mador, Émilie Richard, Marie-Audrai Joset et tous ceux qui m'ont offert du temps et se sont penchés sur cette histoire.

Je salue mes parents, simplement pour ce qu'ils sont ; des êtres lumineux et positifs qui m'ont montré que tout était possible dans la vie.

Maxime Collins : www.maximecollins.com
www.pile-ou-face.net
Les Éditions de l'Interdit : www.leseditionsdelinterdit.com

AIDE-TOI

Gai écoute
514 866-0103 (Montréal)
1 888 505-1010 (ailleurs au Québec)
www.gaiecoute.org

GRIS-Montréal – Pour contribuer à démystifier
l'homosexualité et la bisexualité auprès des jeunes
514 590-0016
www.gris.ca

Centre de réadaptation en dépendance Le Virage
1 866 964-4413
www.levirage.qc.ca

Santé et mieux-être des hommes gais et bisexuels (REZO)
514 521-7778
www.rezosante.org

Association québécoise de prévention du suicide
1 866 APPELLE
www.aqps.info

Ligne Drogue : aide et référence
514 527-2626 (Montréal)
1 800 265-2626 (ailleurs au Québec)

Conseil québécois LGBT
www.conseil-lgbt.ca

Achevé d'imprimer au Canada en février 2014
Sur les presses de Transnumérique Inc.